Du machst das schon

CHRISTINE MAYR

Du machst das schon

Bibliografische Information der Deutschen Nationalbibliothek

Die Deutsche Nationalbibliothek verzeichnet diese Publikation

in der Deutschen Nationalbibliografie; detaillierte bibliografische

Daten sind im Internet über http://dnb.d-nb.de abrufbar.

www.christinemayr.at

Umschlagabbildung: Freepik.com. This cover has been designed using
resources from Freepik.com

Autorenfoto: © BLICKFANG

Umschlagdesign, Satz, Herstellung und Verlag:

BoD – Books on Demand, Norderstedt

ISBN 978-3-7504-7917-3

Inhalt

Bei der Arbeit

Wir sind jetzt nur mehr zwölf. Der Geschäftsführer hat nach dem Debakel bei der Landtagswahl gehen müssen und ist mit einem Job in der Privatwirtschaft versorgt worden. Gekündigt wurde niemand. Ein paar sind von sich aus gegangen, haben sich »anders orientiert« und die Verbliebenen haben zusätzliche Arbeitsbereiche bekommen. Ich bin nicht die Einzige, der man einen zweiten Job aufs Auge gedrückt hat.

Vormittags sitze ich als Pressereferentin mit Notizblock und Fotoapparat bei Pressekonferenzen, nachmittags füttere ich die Homepage und abends fahre ich als Geschäftsführerin in einen Bezirk, um bei einer Versammlung die Landesorganisation zu vertreten. Oder ich schreibe in den Vorstandssitzungen mit, um Diskussionen und Abstimmungen zu protokollieren.

Das ist manchen zu wenig. Sie meinen, die Partei bräuchte eine *politische* Geschäftsführerin. Eine, die in der Öffentlichkeit deutlicher Parteipositionen vertritt, als es dem Fraktionsführer im Landtagsklub möglich ist. Ein strategisches Rollenspiel, dem ich theoretisch viel abgewinnen kann. Nicht aber praktisch – nicht mit mir in der Hauptrolle.

Abgesehen davon, dass ich nicht für die erste Reihe gemacht bin, ist es auch so stressig genug. Nicht nur an Großkampftagen wie in der vergangenen Woche: Wenn der Bundesvorsitzende nach Tirol kommt, bin ich nicht nur als Begleitung dabei, sondern bin quasi Mädchen für alles. Chauffeurin, Parkplatz-Sucherin, Regenschirm-Besorgerin, Nerven-Beruhigerin.

Doch das ist nicht genug. Weil ich keine politische Geschäftsführerin bin. Nicht einmal eine politische Pressereferentin.

Dabei gibt es ohnehin genügend Leute, die sich liebend gern zu Wort melden. Wenn ich sie gut koordiniere, hat die Partei ausreichend Stimmen, um politische Positionen in Reinkultur zu vertreten. *Wenn* sie sich koordinieren lassen. Die Politik ist ja ein Feuerwerk der Eitelkeiten, und niemand lässt sich gern von der Pressestelle zurückpfeifen. »Du, nein, ich schreibe dir da keine Aussendung, da ist schon die Gesundheitssprecherin drauf.« Oder die Verkehrssprecherin. Oder der Gemeindesprecher. Manchmal kommt es mir vor, als würde ich hauptsächlich dafür bezahlt, einen Sack voller Flöhe zu hüten. Was letztlich in einer Aussendung steht, ist oft gar nicht mehr der Punkt. Wichtig ist nur mehr, dass auch ein Zitat der Frauenchefin oder eines Regionalvorsitzenden darin vorkommt.

»Frau Abgeordnete! Was verschafft mir die Ehre?

»Ich werde heute von einer Zeitung interviewt und hätte dich gern dabei. Ein Fotograf kommt auch.«

»Wann?«

»Um fünf.«

»Geht in Ordnung. Aber zieh dich vorher um, bei diesem T-Shirt sieht man deine Nippel durch. Das macht sich auf Fotos nicht so gut.«

»Oh ... Ich habe aber nichts mit.«

»Geh dir einen Schalen-BH kaufen, so viel Zeit ist ja noch.«

»Mach ich.«

So mag ich das. Kein Gezetere, sondern einfach tun, was die Pressereferentin sagt.

Ja, ich mache. So gut ich eben kann. Zwei Funktionen in einer Person. Das meiste gelingt eh.

Aber.

Aber diese Alles-ist-so-traurig-Stimmung.

Wieder ein Sonntagmorgen, der in Tränen versinkt. Schon beim Aufwachen kocht der Topf mit den giftigen Gedanken. Bleiernes Herz. Die Aussichts- und Ausweglosigkeit, die bei Licht besehen lächerlich unbegründet ist.

Am Hofe des Tyrannen

An einem Freitag im Oktober zitiert mich der Chef in sein Büro. Er sitzt auf der weißen Couch. Unter einem großen Bild, das mir neu ist. Ein überlebensgroßer Adlerkopf in Angriffsposition ragt einen halben Meter aus dem Gemälde heraus.

Oh mein Gott, ist das schrecklich. Wo hat er denn das her?

»Was sagst? Das hat mir ein amerikanischer Künstler geschenkt, der gut im Geschäft ist. Seine Bilder haben auf dem Markt einen Wert von 20.000 Dollar und mehr.«

Oder hat er 2.000 gesagt? Ich würde jedenfalls keinen Cent dafür ausgeben, einen so bedrohlichen Vogel zu haben.

»Setz dich.«

Er bietet mir keinen Kaffee an. Schlechtes Zeichen.

»Du weißt, dass ich in den vergangenen Wochen mit allen Mitarbeitern gesprochen habe. Bei dem einen oder anderen ist mir aber nach wie vor nicht klar, wofür wir den bezahlen. Die Buchhalterin zum Beispiel. So ein paar Buchungszeilen sind doch kein 30-Stunden-Job. Oder der EDV-Mann. Ich frage mich, was der den ganzen Tag macht.«

»Ich habe bei ihm aber noch nie den Eindruck gehabt, dass er unterbeschäftigt wäre. Er hilft ja auch überall mit, wo es ihn braucht.«

»Oder der im Oberland. Der kümmert sich mehr um den Gemeinderat als um die Bezirksorganisation. Und der Schützenhauptmann ...« Er deutet ans Ende des Gangs. »... ist überhaupt eine faule Sau.«

Ja, Kollege – die Füße auf dem Schreibtisch liegen zu haben, wenn der Chef hereinkommt, ist keine gute Strategie.

»Ich kann mich nicht über ihn beklagen. Wenn ich ihm einen Auftrag gebe, erledigt er den prompt und perfekt.«

»Außerdem ist er hinter jedem Rock in der Partei her. Gestern hat mich seine Frau unter Tränen angerufen ...«

Du, das will ich überhaupt nicht hören. Das geht uns gar nichts an. Und überhaupt! Du bist auch nicht gerade der Inbegriff praktizierender Monogamie, was man so hört.

»Chef, bitte ...«

»Ja ... Wie ist es mit dir? Bist du ausgelastet?«

Ausgelastet?!

»Ich habe zwei Jobs!«

»Das wird sich jetzt ändern. Ich werde nämlich die Leitung des Wahlkampfs in die Hände der Werbeagentur legen ...«

Wahlkampfleitung-Agentur? Ich höre wohl nicht recht. Von einer Agentur kauft man sich Dienstleistungen zu, die man selbst nicht erbringen kann. Aber einen Wahlkampf zu *leiten* ist das ureigenste Geschäft einer politischen Partei.

»... Dein Führungsstil ist mir zu amikal. Ich traue dir nicht zu, einen Wahlkampf erfolgreich zu organisieren. Und Erfolg brauchen wir dringend. Deshalb wird das der Agenturchef machen.«

Der?! Der gelernte Klugscheißer. Den setzt er mir vor?! Okay, amikaler Führungsstil mag schon stimmen, aber ist das so schlecht?

»Herr Obmann ...«

Du misst mich offensichtlich an meinem Stil, nicht an meiner Leistung. Denk an die Gemeinderatswahl; die ist doch gut gelaufen. Und der Parteitag, den ich federführend organisiert habe, der war perfekt.

Aber ich sage nur: »... Seit ich hier das Sagen habe, ist

wieder Ruhe im Team eingekehrt, und alle arbeiten wieder motiviert.«

»Ja, aber effizient ist anders. Die Personalkosten sind viel zu hoch. Und ich sehe überhaupt nicht, wozu es so viel Personal braucht.«

Ja, das hast du schon nach der letzten Wahl gesagt. Wo alle schuld waren am Debakel außer dir.

»Ich brauche einen Mann meines Vertrauens an der Spitze der Organisation. Beruf für Dienstag um 9:30 Uhr eine Mitarbeitersitzung ein. Im Besprechungsraum.«

Willkommen am Hof des Tyrannen. Der verteilt seine Gunst auch nach Laune, nicht nach Leistung.

Und ich war einmal Feuer und Flamme für ihn! Der fesche Typ mit dem charmanten Grinser, der als oberster Touristiker eine so gute Figur gemacht hat. Wie wir uns gefreut haben, der Kollege Geschäftsführer und ich, bei der ersten Wahl mit dem Neuen als Spitzenkandidat, bei der wir so gut abgeschnitten haben. Sensationell gut. Wenn ich mir die Fotos von der Wahlparty anschaue, krieg ich heute noch eine Gänsehaut. So glücklich. Der Spitzenkandidat, unser Strahlemann. In unserer Mitte.

Was mach ich jetzt? Da knallt er mir seine einsamen Entscheidungen vor die Nase und ich muss schauen, wo ich bleibe.

Zu Hause mache ich die Flasche Laphroaig auf, die seit Jahren auf einen besonderen Anlass wartet.

Ich habe nicht das Format eines Damon. Ich schleiche nicht zum Tyrannen, den Dolch im Gewande. Ich nicke, schlucke und tue, was man mir sagt. Jetzt jedenfalls.

Mit drei doppelten Whiskys intus schreibe ich einen Brief.

Sehr geehrter Herr Vorsitzender!

Nach reiflicher Überlegung ersuche ich dich, mich von der Funktion der Landesgeschäftsführung zu entbinden. Da ich diese Funktion – wie du mir heute erklärt hast – nicht zu deiner Zufriedenheit ausfülle und du den Chef der Agentur als Wahlkampfleiter eingesetzt hast, ist klar, dass mir das Vertrauen des Vorsitzenden fehlt, welches für die Landesgeschäftsführung notwendig ist. Zudem ist mein Handlungsspielraum auf diese Art so weit eingeschränkt, dass es irreführend wäre, die Bezeichnung »Landesgeschäftsführerin« weiterhin zu führen. Ich bin bereit, alle Aufgaben, die ich zusätzlich zu meiner Tätigkeit als Pressereferentin seit dem Ausscheiden meines Vorgängers in der Geschäftsführung übernommen habe, weiterhin durchzuführen, schlage aber vor, dies unter dem Titel »Büroleitung« zu tun.

Ich schicke den Brief nie ab.

Du machst das schon

Die Nummer kenne ich nicht. Ein Festnetzanschluss.

»Ja?«

»Hallo, hier spricht ...«

Ich erkenne die Stimme sofort. Dieser gequälte Ton. Sie hatte ihn damals schon, als Lehrling in Vaters Labor.

»Ja. Hallo.«

Mein Vater wohnt bei ihr, seit er es allein nicht mehr schafft. Niemand sonst hält ihn aus.

Sie kommt sofort zur Sache.

»Dein Vater liegt im Sterben. Ich hab gedacht, du möchtest ihn noch einmal sehen.«

»Wie ... Ich meine, wie dramatisch ist es denn?«

»Ich weiß nicht, ob er den heutigen Tag noch überlebt.«

»Oh ...«

Wann habe ich meinen Vater zuletzt gesehen? Vor acht, neun Jahren vielleicht?

»Ich denke nach, wie ich das machen kann. Ich bin gerade in einer Besprechung. Die dauert wahrscheinlich noch eine Stunde.«

»Ich habe den Notarzt gerufen; der müsste in einer Viertelstunde da sein. Wahrscheinlich bringen sie ihn in die Klinik.«

»Dann könnte ich ihn ja dort besuchen.«

»Wie du meinst.«

Fuck, was mach ich jetzt bloß?

»Nein, weißt du was? Die hier können das auch ohne mich. Ich fahre jetzt zu euch. Sag mir, wo ich dich finde.«

Der Notarzt ist gerade gekommen und lässt mich für ein paar Minuten mit meinem Vater allein.

Diesem Fremden mit dem zerstörten Gesicht.

Er scheint zu schlafen. Wirkt überhaupt nicht so, als ob es ans Ende geht. Bei meiner Mama hat das ganz anders ausgesehen.

Wahrscheinlich ist sie einfach hysterisch. Mein Vater ist zäh. Das hat er schon einmal bewiesen. Der lebt bestimmt noch fünf Jahre. Andererseits ... Sie ist vom Fach. Vielleicht schätzt sie die Situation ja richtig ein.

Aber wie nimmt man von einem Fremden Abschied, zu dem man kein einziges warmes Gefühl hat?

»Papa«, sage ich, kaum hörbar. »Papa, ich bin's, deine Tochter.« Das Wort »Papa« aussprechen. Das ist alles, was mir möglich ist.

Nachdem der Notarzt gefahren ist, kommt die Rettung und bringt meinen Vater in die Klinik. Ich gehe zurück in die Teamsitzung. Wenn die zu Ende ist, werde ich in die Klinik fahren.

Dem kommt mein Vater zuvor. Er stirbt noch während der Fahrt. Morgen wäre er 80 geworden.

Er liegt auf der Pritsche, auf der ihn die Rettungsleute ins Gebäude geschoben haben.

»Ich habe ihm die Augen zugemacht«, sagt die Frau, die ihn jahrelang umsorgt hat. »Ich hoffe, du hast nichts dagegen.«

Nein. Bin froh, diese stechenden Augen nicht mehr sehen zu müssen. Diesen höhnischen Blick.

»Nein, das ist okay.«

Ich zwinge mich, den Mann unter dem weißen Neonlicht anzuschauen. Die Vertiefung über seiner Nase, die nach dem Unfall monatelang von einer Blutkruste überzogen war. Die langen, weißen Haare. Die Hände, die beim Absturz unversehrt geblieben waren. Die gekrümmten Zehen mit den verwachsenen Nägeln, die mich an die Krallen eines Raubvogels erinnern.

»Darf ich …?«

Jemand ist ins Zimmer gekommen.

»Wir müssten die Formalitäten besprechen.«

»Einen Moment noch.«

»Klar. Kommen Sie einfach zu mir, wenn Sie so weit sind. Ich bin im Ärztezimmer nebenan.«

Ciao, mach's gut, wo immer du jetzt bist. Das Wort »Papa« kommt mir nicht mehr über die Lippen.

Ich bekomme von der Ärztin einen Hocker angeboten.

»Sie sind …?«

»Die Tochter.«

»Ihr Vater ist im Rettungswagen gestorben. Vermutlich hat sein Herz einfach aufgegeben. Er hat ja eine lange Krankheitsgeschichte. Ganz genau wissen wir es nicht. Sollen wir es untersuchen? Wollen Sie eine Autopsie?

»Nein, das ist nicht nötig.«

Es wird ihn ja niemand umgebracht haben. Und tot ist tot.

»Wie geht das jetzt weiter? Wie ist das Procedere in so einem Fall?«

»Sie beauftragen ein Bestattungsunternehmen, das nimmt dann mit uns Kontakt auf. Bis dahin behalten wir Ihren Vater bei uns.«

»Danke.«

»Mein Beileid.«

Vor der Tür wartet die Frau mit der gequälten Stimme. Sie sieht ruhig aus.

»Gehen wir noch einen Kaffee trinken? Ich habe seine Unterlagen dabei. Die gebe ich dir.«

Sie hat alles fein säuberlich beisammen. Geburts- und Taufurkunde, Heirats- und Scheidungsurkunden, Staatsbürgerschaftsnachweis. Und die Polizze einer Sterbeversicherung.

»Nimm diese Papiere mit, wenn du zum Bestattungsunternehmen gehst. Die regeln dir dort alles. Ich weiß das, weil meine Mutter vor Kurzem gestorben ist. Ach, genau, ein Foto habe ich auch mitgebracht, für die Parte.«

»Willst du nicht mitreden, bei der Parte und so?«

»Nein. Du machst das schon. Sag mir nur, wann die Beerdigung ist.«

Es ist so, wie sie gesagt hat. Die Bestatterin nimmt mir alles ab. Ich muss nur Entscheidungen treffen. Eine Anzeige in der Zeitung? Ja. Sterbebildchen? Ja. Wie viele? 50. Die Mindestanzahl ist 100.

So viele Leute kommen nie zu seinem Begräbnis. Nachdem er jahrelang die Oberkrätze gewesen ist. Ein paar von früher vielleicht, Segelflieger-Kollegen, Bergkameraden, der eine oder andere Zahnarzt, für den er gearbeitet hat. Und ein paar von der Familie.

»Dann 100. Passt.«

»Wir informieren den Pfarrer, der wird sich dann bei Ihnen melden.«

»Und wie sieht das mit den Kosten aus?«

»Die werden von der Versicherung gedeckt.«

Gut, danke. Danke, dass ihr solche Profis seid's. Das hilft mir sehr.

Und danke, Vater, dass du so gut vorgesorgt hast. Obwohl ich 40 Jahre lang kein »Papa« über die Lippen gebracht habe.

Der alte König

Im Auto immer Beethoven. 2. und 3. Klavierkonzert. Mal im Hintergrund, mal wie aus dem Ghettoblaster. Heute laut, ganz laut. Blas den Blues away, Beethoven. Und ihr Tränen, wartet, bis wir im Wald sind. Bis wir bei meinem Baum sind. Dem macht das gar nichts. Wenn ich mich an ihn lehne, ihn umarme. Der sagt nichts. Vor allem keine Blödheiten. Wie mein Klugscheißer.

»Was heulst denn? Hast deinen Vater eh nie mögen.«

»Ja, schon ...«

»Weiber!«

Fahr mich zu meinem Baum, schwarzes Pferdchen. So schnell du kannst. 80, 90, 100. Kümmere dich nicht um die Kurven. Fahr schneller. Vielleicht trägt es uns hinaus, über die Böschung, hinunter in die Sillschlucht. Dann wäre Ruhe. Endlich Ruhe. Wenn wir Glück haben.

Und jetzt soll ich einen Text schreiben, für den Pfarrer. Damit er in der Messe über den Verstorbenen etwas zu sagen hat. Ein »Lebensbild« hat er es genannt.

Wie macht man das bei einem so verkorksten Leben? Über die Toten nur Gutes. Nein, das geht gar nicht. Das würde überhaupt nicht passen. Jeder, der zum Begräbnis kommt, hat meinen Vater gekannt und weiß, was für ein schrecklicher Mensch er gewesen ist. Nach dem Unfall. Da kann man nicht so tun, als ob alles eitel Wonne gewesen wäre.

Aber ein bissl was Positives muss ich schon finden. Es hat ja auch eine Zeit vor seinem Monster-Dasein gegeben. Wo ich seine Prinzessin war. Wo meine Mutter sich in ihn verliebt hat. Wo ich mit ihm auf dem Flugplatz gewesen bin und mit den anderen Mädchen geschaukelt habe, während unsere

Väter in der Luft waren. »Wenn du zwölf bist, darfst du mit-
fliegen«, hat er gesagt. Darauf habe ich mich gefreut. Aber
bevor ich zwölf geworden bin, ist er abgestürzt.

Danach war er ein einsamer Mann, der niemanden mehr
um sich haben wollte. Und den niemand mehr um sich haben wollte. Im inneren Exil. »Der alte König in seinem Exil«,
ein schönes Bild, das Arno Geiger da gezeichnet hat. Es hat
mir geholfen, einen Text zu schreiben, der meinem Vater
gerecht geworden ist. Und den der Pfarrer beim Begräbnis-
gottesdienst vortragen kann.

»Der alte König in seinem Exil«

So hat der österreichische Schriftsteller Arno Geiger das
Buch genannt, in dem er auf berührende Weise die Geschichte seines demenzkranken Vaters erzählt.

Ein König in seinem Exil war – wenn auch auf andere
Art und aus anderen Gründen – unser Verstorbener. Ein
König wäre er gern gewesen – ein Gönner, ein Professor,
ein geachteter Mann.

Geboren als sechstes von sieben Kindern, hat es ihm das
Leben aber von Anfang an nicht leicht gemacht. Sein
Vater war ins KZ deportiert worden, wo er unter unge-
klärten Bedingungen starb, sein Halbbruder Hubert war
im Widerstandskampf gegen das nationalsozialistische
Regime unter ebenfalls nie aufgeklärten Umständen ver-
schwunden. Seine Mutter musste die sieben Kinder unter
schwierigsten Bedingungen allein großziehen.

Er erlernte den Beruf des Zahntechnikers. Er schaffte es
bis zum Meister und machte sein eigenes Labor auf.

Er mochte die Natur, hielt sich sommers wie winters gern in den Bergen auf und fand sich gern in geselligen Runden wieder. Er liebte das Schöne – und auch das Extravagante. Seine Frau, die er 1957 geheiratet und die ihm zwei Töchter geschenkt hatte, wusste ein Lied davon zu singen. Maßgefertigte Schuhe, maßgeschneiderte Hosen und ein ausgefallenes Hobby: das Segelfliegen. Das ging hart an die Grenzen dessen, was sein »Königreich« erlaubte.

Als er 40 Jahre alt war, erfuhr sein Leben am Achselkopf eine abrupte Wende. Das Flugzeug, mit dem er zu einem Überlandflug aufgebrochen war, bohrte sich in den Waldboden. Die körperlichen und psychischen Folgen dieses Unfalls haben den Mann, von dem wir uns heute verabschieden, nie mehr losgelassen, und er zog sich ein seine eigene Welt zurück. Seine Familie zerbrach, auch seine beruflichen und privaten Kontakte hielten seinem veränderten Charakter nicht stand. Der König war in sein Exil gegangen. Dort war es seine frühere Angestellte mit ihrer Familie und ihrem Netzwerk, die ihm über viele Jahre – bis zu seinem Tod – eine Heimat gab, in der er seinen inneren Frieden finden konnte. Möge er in diesem Frieden ruhen.

Gerüchteküche

Ein paar Tage später wieder eine unbekannte Nummer auf dem Handy-Display.

»Frau Geschäftsführerin, ich bin's. Ich rufe von meinem privaten Handy aus an. Können wir uns auf einen schnellen Kaffee treffen? Ich brauche jemanden, mit dem ich reden kann.«

»Sicher, wann?«

»Jetzt gleich. Jetzt merkt es niemand, wenn ich mich kurz rausschleiche.«

»Okay. In zehn Minuten auf dem Landhausplatz.«

Die Kollegin sieht unglücklich aus.

»Was ist denn los?«

»Der Chef ist nicht mehr auszuhalten. Der wird jeden Tag grantiger. Ich glaub, der mag nimmer.«

»Meinst, er macht uns den Spitzenkandidaten gar nicht?«

»Überraschen tät's mich nicht.«

»Wär ein schöner Scheiß, wenn er alles hinschmeißen tät, jetzt, wo wir den ganzen Wahlkampf auf ihn ausgerichtet haben.«

»Aber so, wie er im Moment drauf ist, reißt er eh nix. Vom Strahlemann ist nichts mehr übrig. Das merken die Leute draußen auch. Nicht nur die Journis, auch die Wählerinnen. Und der Moment dauert schon Monate.«

»Ja, aber … Wer käme denn statt seiner infrage?«

»Na, seine Stellvertreterin. Wer sonst?«

»Ja, hast recht. Wenn's der Boss wenigstens bald tun würde. Herbst wäre schon verdammt spät.«

»Spätestens am 25. wissen wir's.«

»Vielleicht.«

»Lass dich nicht unterkriegen, Mädl. Du schaust echt mitgenommen aus.«

»Du dich auch nicht.«

Vor dem ominösen 25., an dem die nächste Parteivorstandssitzung auf der Agenda steht, ist noch eine Klausur der Regionalstellen anberaumt. Für eine Stunde ist auch der Chef dabei und erzählt von den Mitgliederversammlungen, die er in den vergangenen Wochen absolviert hat. »Die machen Hackfleisch aus mir«, sagt er. »Früher war das anders. Da waren sie noch zufrieden mit dem, was ich gesagt habe. Aber heute kann ich ihnen gar nichts mehr recht machen.«

Bevor er ins Auto steigt, fange ich ihn ab.

»Nur eine Minute, Herr Vorsitzender. Die Gerüchteküche sagt, dass du zur Landtagswahl gar nicht mehr antreten willst. Stimmt das? Für uns ist das schon wichtig, wir planen ja einen Wahlkampf, der ganz auf dich zugeschnitten ist. Ich wäre um eine ehrliche Antwort wirklich froh.«

Er dreht sich abrupt um und steigt in seinen Wagen.

Die Zeitung hat natürlich auch von dem Gerücht Wind bekommen und nimmt die nächste Pressekonferenz zum Anlass, den Chef damit zu konfrontieren. Er dementiert. So überzeugend, dass sie nichts schreiben kann.

Der ominöse 25.

Ich bin mit einem Kollegen aus dem Klubbüro zum Mittagessen verabredet. Die Klubvizechefin ist auch mitgekommen. Das tut sie öfter, spontan und uneingeladen irgendwo auftauchen.

»Alles unter Kontrolle, Frau Landesgeschäftsführerin?«

Wenn sie Frau Landesgeschäftsführerin zu mir sagt, wird's heikel.

»Das wäre etwas übertrieben. Die Vorstandssitzung am Abend ... Ich habe keine Ahnung, was da auf uns zukommt.«

»Ich schon. Ich sag's dir. Ich werde übernehmen.«

»Echt jetzt?!

»Der Vorsitzende wird seinen Rücktritt erklären und mich als geschäftsführende Obfrau vorschlagen. Bis zum nächsten Parteitag.«

»Wow ...«

»Ist doch super, oder?«, sagt der Kollege.

»Wie ist das jetzt so schnell gegangen?«

»Der Boss hat mich gestern angerufen und mir eine Stunde Bedenkzeit gegeben.«

»Und du hast Ja gesagt ...«

»Ja.«

»Wie machen wir das jetzt mit den Medien?«

»Du schreibst eine Presseaussendung.«

»Ich bin in der Vorstandssitzung, ich schreibe das Protokoll. Wie soll ich da ...?«

»Du findest schon eine Lösung«, sagt die Klubvizechefin. »Ich vertraue dir.«

»Ich vertraue dir.« Balsam für meine geschundene Seele. Jetzt wird alles gut.

Mallorca

Wir sind im Paradies. Palmen, dunkler Meeresblauteppich, weiße Wellenkronen, frühabendrosa Berge. In der morgendlichen Dämmerung auf die Terrasse schlüpfen und nach zehn Schritten am Meer sein, dem spiegelglatten, tänzelnden Morgenmeer.

Ich bekomme alles, was ich mir von diesem Urlaub gewünscht habe. Mittägliche Hitze und laue Abende, Liebe in der klimatisierten Siesta-Zone und vor allem eins: *nichts tun*. Einfach nichts tun. Nur den Mund aufmachen, damit die gebratenen Hühnchen hineinfliegen. Ab und an die Liege dem Schatten nachziehen.

Keine Unruhe, keine Getriebenheit, kein schlechtes Gewissen. Im warmen Wellenwasser schaukeln, die Füße in den warmen Sand graben und in der Kühle der Nacht unters warme Liebster-Leintuch kriechen.

Jubel.Parteitag

Jetzt, wo alles gut ist, müsste es mir eigentlich gut gehen. Die neue Chefin hat ein sonniges Gemüt und lässt keine Gelegenheit aus, ihr Team zu loben. Und die Partei trägt sie auf Händen. Ich als Geschäftsführerin rehabilitiert, zur Wahlkampfleiterin auserkoren. »Du machst das schon«, sagt sie.

Ich habe da meine Zweifel. Für einen Wahlkampf braucht es andere Kaliber. Toughere Typen. Außerdem habe ich das noch nie gemacht. Ja, klar, ich war bei vielen Wahlen dabei. Aber eben nur *dabei*, nicht vorne dran.

»Du machst das schon!«, sagen auch meine Freundinnen. Und mein Freund. »Die anderen kochen auch nur mit Wasser.«

Ja, schon, und ganz auf der Brennsuppn dahergeschwommen bin ich auch nicht. Aber es ist so verdammt viel. Ein Budget erstellen und immer im Auge haben, das Wahlprogramm schreiben, Fotos und Slogans finden, Inserate planen, die Mitgliederzeitung machen, die ganzen Sitzungen leiten. Natürlich muss ich das nicht alles eigenhändig machen, aber von allem Bescheid wissen und nichts übersehen. Die Vorsitzende auf dem Laufenden halten, die Angestellten bei Laune.

Damit es mir nicht geht wie vor Weihnachten, wo ich nicht mehr gewusst habe, welche Leichen unter den ganzen Papieren auf meinem Schreibtisch vor sich hin modern. Jeden Abend bis neun oder zehn im Büro, zu Hause dann das Hamsterrad im Kopf. Was habe ich heute nicht geschafft? Was habe ich übersehen? Was muss ich morgen? Was ist das Dringendste? Welche Fehler habe ich gemacht? Mit wem war ich ungeduldig? Wem habe ich zu viel aufgebürdet? Wann war ich zu barsch? Wo hätte ich nachgeben müssen?

Wo härter sein? Wo mich durchsetzen? Wo war ich zu langsam, was hätte ich schneller erledigen können? Wen hab ich aus nichtigem Grund angeschnauzt?

Okay ... Schritt für Schritt, eins nach dem anderen. Dann wird's schon gehen. Prioritäten setzen.

»He, Leute, wir planen einen *Jubel*parteitag, kein Begräbnis! Könnt's ihr euch jetzt bitte ein bisschen ins Zeug legen ... Wir brauchen eine coole Location, das ist das Dringendste. Am besten im Unterland, weil sich die Bezirke dort eh immer vernachlässigt fühlen. Also denkt bitte nicht nur an Innsbruck und Innsbruck-Land.«

»In Schwaz gibt es ein neues Veranstaltungszentrum.«

»Würde das was taugen?«

»Ich glaub schon.«

»Dann schauen wir uns das an.«

Der Saal gefällt mir auf Anhieb. Das einzige Problem: Am avisierten Samstag sind die Räumlichkeiten bereits besetzt. »Dann machen wir die Konferenz eben am Freitag«, sage ich.

»Wenn du meinst ...«

Ja, ich meine. Wir buchen den Saal. Keine Diskussion. Wenigstens einmal die sein, die sagt, wo's langgeht.

Die Obfrau wird von nahezu 99 Prozent der Delegierten zur Spitzenkandidatin für die kommende Landtagswahl gewählt. Auch ihr Vorgänger, unser Ex-Obmann, steht auf und applaudiert.

Fast keine Stimmen gegen die Chefin. Und es hat alles funktioniert. Mir könnte eine Lawine von der Seele fallen. Es ist nicht einmal ein Stein.

Gemetzel

Das Ergebnis der Landtagswahl ist nicht berauschend. Genau genommen desaströs. Haarscharf an der Einstelligkeit vorbei: 10,02 Prozent. Genug Stimmeneinbußen, um ein Mandat zu verlieren. Da trösten auch die vielen Vorzugsstimmen für unsere Spitzenkandidatin nicht. Auch nicht das Lob für mein Wahlkampfmanagement.

Ich bräuchte etwas gegen die Einschlaflosigkeit. Gegen die Gedanken, die kleben oder rennen, sich selbstständig machen, immer Sorgen, die wiederkehren und wiederkehren. Das falsch gemacht, jenes hätte besser sein, dort hätte ich schweigen, da etwas sagen sollen, dort etwas tun, hier nicht. Das wäre noch gegangen, wenn du dich nur ein bisschen mehr bemüht hättest. Da jemanden gekränkt, dort feige gewesen. Hier nichts gewusst, dort zu besserwisserisch gewesen. Dort zu emotional, da zu distanziert. Da zu aufbrausend, dort zu kühl. Da zu aufdringlich, hier zu zurückhaltend.

Was ist, wenn ...? Was wäre gewesen, wenn ...? Immer in Gedanken, Gedanken, Gedanken ... Was zu tun ist. Wie es zu tun ist. Von wem es getan werden sollte. Bis wann es zu tun ist. Und immer mich überwinden. Ich bin müde, mache trotzdem weiter. Hemmungslos beim Arbeiten. Hemmungslos beim Rauchen. Hemmungslos beim Kaffeetrinken. Hemmungslos beim Sich-in-der-Küche-treffen-und-etwas-besprechen. Hemmungslos beim Privatleben-ausschalten.

Hemmungslos der Chefin vertraut.

Dann ein Minus statt des erhofften Plus. Ein Mandat weg.

Jetzt hat das Gemetzel begonnen.

Trotzdem muss ich morgen wieder Kraft in diese weinerliche Psyche bringen und dem Ruf des Weckers gehorchen.

Aufstehen, duschen, Haare waschen, Kostüm anziehen, schminken. Das weinerliche Gesicht verstecken. Daran glauben, dass es geht. Dass die Durststrecke vorübergeht. Dass das Glück zurückkommt, um zu bleiben. Für eine Weile.

Das Glück kommt nicht zurück.

Der Abgeordnete ohne Mandat braucht einen Job. Die Partei darf ihn nicht im Stich lassen. Die Chefin kann nicht auf ihn verzichten, so ein guter Mann. Der muss versorgt werden. Mit einem Job in der Partei. Mit meinem Job. Geschäftsführer. Mit der Gage eines Abgeordneten.

Am Abend habe ich 39,5° Fieber.

Missratene Grippe

Grippe. Endlich. Endlich kann ich einmal liegen bleiben. Brauche nichts zu tun. Der Hl. Antonius hat mein Flehen erhört.

Ja, schau, geht eh wieder. Nur mehr 38°. Morgen kann ich wieder. In mein Büro. *mein* Büro. Das, wo man die Tür zumachen kann. Wo niemand sieht, wenn ich nichts tue. Nur beim Fenster rausschau.

Mir tut's beim Kauen weh. Und hundemüde bin ich. Vielleicht morgen doch noch nicht ins Büro.

Die Schmerzen immer schlimmer. In den Schläfen, im ganzen Kiefer, durch alle Zähne durch. Ob ich den Hausarzt anrufen soll? Bei meiner Tante hat es auch an den Schläfen angefangen. Alle Adern entzündet. Sie wäre fast gestorben.

Ach, du Jammergestell. Das geht schon vorbei. Lies was, lenk dich ab. Ich mag aber nicht lesen. Zu anstrengend. Lieber die Augen zu. Vielleicht kann ich ein bisschen schlafen. Die letzte Nacht war lang.

»Mama, dein Handy!«

»Bring's mir.«

Die Chefin. Der Neue ist nicht Geschäftsführer geworden. Im Vorstand hat es keine Mehrheit für ihn gegeben. Zu teuer. Das macht mich jetzt auch nicht gesund.

»Warum gehst denn nicht zum Arzt, Mama?«

»Das wird schon. Braucht halt ein paar Tage.«

»Du schaust aber gar nicht gut aus. Deine Augen hängen. Soll ich etwas zum Essen machen?«

»Nein, ich bring den Mund nicht auf.«

»Du musst etwas essen!«

»Vielleicht kannst du mir ein Stückchen Apfel reiben?«

Heut wär diese Besprechung mit den Oberländern. Die muss ich absagen.

Und die Videokonferenz mit den Wienern.

Wie viel Geld wir für die Nationalratswahl locker machen können, hab ich mir auch noch nicht angeschaut. Meine Chefin wollte das diese Woche.

»Ruf den Arzt wenigstens an!«

»Hab ich. Er sagt, das wird schon wieder. Nur eine missratene Grippe. Ich soll Aspirin nehmen.«

»Ich hol dir welche.«

»Nein, geht schon. Muss eh einmal aufstehen. Sonst komm ich nie wieder auf die Füße.«

Die Nacht wieder nicht geschlafen. Die dritte schon. Untertags zwei Stunden. Die Schmerzen jetzt überall am Kopf. Alle vier Stunden ein Aspro.

»Mama, wo ist der große Koffer? Und meine schwarzen Stilettos?«

»Kind, bitte ...«

»Mama, ich fahr übermorgen!«

»Schau im Keller nach.«

»Du machst dir den Magen kaputt.«

»Was soll ich machen? Wenn es so wehtut?«

»Geh auf die Klinik.«

»Vielleicht ist es morgen besser.«

Überhaupt kein Schlafen mehr.

»Bist du traurig, dass ich jetzt wegfahre, Mama?«

»Mir geht's so schlecht ... Ich bin einfach nur froh, wenn ich meine Ruhe habe. Mach's gut in Schweden.«

»Gute Besserung.«

»Guten Flug.«

Ich muss was tun. Irgendwas. Ich kann nicht mehr.

»Großer, fährst du mich in die Klinik?«

»Heute, am Samstag?!«

»Bitte fahr mich.«

Notaufnahme

Die digitale Uhr zeigt 13:96. 13:96 Uhr? Vorhin ist es 11:20 Uhr gewesen. Auf die Seite drehen. Gott sei Dank eine Liege. Und ein Polster.

Die Schmerzen fangen wieder an. Sind schon wieder vier Stunden vorbei? Die Aspro, wo sind die Aspro?

Fast keine mehr in der Schachtel. 60 Aspirin in den neun Tagen, seit die Schmerzen angefangen haben.

Mein Großer grantig. Weil ich nicht auf ihn gehört habe. Er hat am Montag schon gesagt: Ich fahr dich in die Klinik.

Die Schmerzen. Mein ganzer Kopf in einem Käfig aus Schmerz. Als ob jede Ader zur Schmerzbahn geworden wäre. Ich sag ihnen das von meiner Tante. Die müssen mir das checken. Ob ich so eine Arteriitis temporalis habe.

Was hab ich bloß getan? Warum geht es mir so schlecht? Woher kommen diese verdammten Schmerzen? Nehmen die je einmal ein Ende? Wollte doch bloß ein bisschen krank sein, ein kleines Grippchen, ein paar Tage Fieber, ein paar Tage liegen, ausruhen, nicht ins Büro müssen, keine Arbeit machen müssen, mit niemandem sprechen müssen, keine Verantwortung stemmen müssen. Nur ein paar Tage. Und dann voll motiviert wieder hinein in die Maloche. War doch schon öfter so. Nach ein paar Tagen krank sein. Mach meinen Job doch gern. Brauch bloß ein wenig Erholung. Ein kleines Eckchen Abstand. Ein paar tiefe Atemzüge frischer Luft.

Was habe ich bloß falsch gemacht, dass es mir jetzt so schlecht gehen muss? Hatte doch eh ein paar Tage Urlaub. Drei Wochen wären besser gewesen, nach diesem Wahlkampf. Aber die anderen brauchen auch eine Pause. Haben auch gebuckelt wie die Ochsen. Müssen Urlaub nehmen und Tage abbauen. Sonst hab ich wieder die Bundeskontrolle im Nacken. Wenn da manche 50 Urlaubstage und mehr stehen haben.

Wie lange liege ich da jetzt schon?

Die Uhr zeigt 13:45. Klick-Klick macht sie. Klick-Klick. Blut haben sie mir abgenommen. Sonst ist noch nicht viel passiert.

»Wir haben das Laborergebnis«, sagt jemand. »Sie haben einen Infekt. Wir müssen jetzt schauen, woher der rührt. Wir machen als Erstes ein MRT vom Kopf.«

Den Kopf in eine dunkle Röhre legen. Panik. Aber die Frau dort ist gerüstet. Gibt mir Beruhigungstropfen, legt mir ein Kleenex über die Augen und dreht klassische Musik auf. Kein Grund zur Panik.

Danach wieder warten. Die Uhr zeigt 14:65. Irgendwann dann Lungenröntgen, Arterien-Ultraschall und eine Nadel ins Rückenmark, um zu sehen, ob ich eine Gehirnhautentzündung habe. Wenn ich Pech habe, bin ich danach querschnittgelähmt. Ich unterschreibe. Die Schmerzen haben wieder angefangen. Die Nadel tut kaum weh. Keine Lähmung. Kann ich mich jetzt wieder auf die Pritsche legen? Vorher noch einmal Aspro nehmen.

Ich habe Hunger. Das eingeweichte Zwiebackstückchen war um acht. Jetzt ist es? Später Nachmittag bestimmt schon. Ob die einen verhungern lassen in der Notaufnahme? Ein Süppchen wäre gut. Mit einem kleinen Löffel. So weit geht der Mund auf.

Eine harsche Neurologin bricht mir fast das Genick. »Das muss sein.« Ein Freundlicher stellt mir Fragen. Haben wir die nicht am Vormittag schon gehabt? Ich antworte brav. Brave Patientin sein. Damit sie mich gesund machen.

60:01 Uhr. Der Freundliche kommt wieder. Sagt, alle Organe schön. Lunge schön, Magen schön, MRT schön, Nieren ein bisschen langsam, aber auch schön. Aha.

Darf ich jetzt auf ein Zimmer? Ich möchte ein Zimmer. Ich möchte hierbleiben, im Krankenhaus. Wo sich jemand um mich kümmert.

Obwohl. Jetzt lieg ich schon wieder so lang hier, ohne dass sich wer um mich kümmert. Ich brauche Wasser. Die Flasche ist leer. Aufs Klo sollte ich auch. Schaff ich das? Nein, den jungen Mann frage ich nicht. Einen jungen Mann bitten, mich aufs Klo zu geleiten! Es hat eh Haltegriffe an den Wänden. Langsam. Langsam! Warten, bis das Stechen im Kopf vorbei ist. Der Wasserhahn so knapp über dem Waschbecken. Kann die Flasche doch nicht nachfüllen.

18:84 Uhr. Liegt es an mir? Oder doch an der Uhr?

Der junge Mann von vorhin. Löst die Bremsen an meiner Pritsche.

»Der Arzt will mit Ihnen sprechen.«

»Ich kann schon selber gehen.«

»Bleiben'S nur liegen. Dafür gibt's mich ja.«

Er stellt mich in einer Besprechungskoje ab. »Der Doktor kommt gleich.« Aufsetzen! Mit einem Arzt spricht man besser im Sitzen. Warten. Klick-Klick. Klick-Klick. Klick---. Klick-Klick. Klick-Klick. Klick-^Klick^-Klick. Gibt die Uhr jetzt den Geist auf?

Wenigstens den Rücken anlehnen. Der Doktor wird bald kommen. Klick-Klick. Klick-Klick. Klick---. Klick-Klick. Klick-Klick. Klick-^Klick^-Klick. Der Kopf fängt wieder an. Sind schon wieder vier Stunden um?

»Wir nehmen Sie jetzt auf. Wir wissen noch immer nicht, woher der Infekt kommt. Da braucht es weitere Untersuchungen, mit größeren Maschinen. Fürs Erste geben wir

Ihnen ein Breitbandantibiotikum und Schmerzmittel. Wir lassen Sie jetzt auf die Interne bringen.«

Eine stämmige Frau fährt mich. An die Handtasche denkt sie auch. Die Uhr im Klinikgang zeigt 23:15.

Danke, Hl. Pharmakus!

Kartoffelsuppe. Die beste Kartoffelsuppe der Welt.

Essen. Ob es noch etwas zu essen gibt, um diese Uhrzeit? Das ist meine erste Frage gewesen, nachdem mich die stämmige Frau dem Nachtdienst auf der Station überlassen hat. Zwei gut gelaunte Jungs in den blauen Dressen der Klinikpfleger.

»Aber sicher.«

Ein ganzes Menü könnte ich haben.

»Eine Suppe würde reichen.«

»Iss nur, Madl. Damit gsund wirst.«

Fünf Minuten später ist das Tablett auf dem Tisch gestanden.

Ein Zimmer für mich allein, pastellgelbe Bettbezüge. Im Bad ein Zahnputzset. Kleine Tube Zahncreme, Zahnbürste mit großem Kopf.

»Da im Schrank sind Nachthemden. Kannst dir eins nehmen«, sagt der mit dem Glatzkopf. Im Moment interessiert mich nur die Suppe. Nehme das nächste Schlückchen.

»Magst fernsehen?«, fragt mich der andere. »Da bräuchtest eine Karte dafür.«

Fernsehen? Warum nicht? Kann ja nicht die ganze Nacht im Gang auf und ab gehen.

»Ja, das wär fein.«

»Ich hol dir eine. Zehn Euro. Reicht fürs Erste, oder?«

»Bitte.«

Die Jungs lassen mich allein und ich löffle meine Kartoffelsuppe fertig. Und jetzt ein Nachthemd. Zähne putzen verschiebe ich auf morgen. Für den großen Bürstenkopf geht mein Mund nicht weit genug auf. Niederlegen. Pastellgelbes Betttuch bis zum Hals ziehen. Warten. Keine Uhr im Zimmer. Keine Kirchturmuhr, die mir die Zeit schlagen würde. Der Kopf meldet sich wieder. Wo ist eigentlich meine Handtasche? Im Schrank. Nein, jetzt nicht aufstehen, jetzt kein Aspro holen. Ich bekomme bestimmt bald etwas.

Zum Brandjoch schauen. Darunter der Achselkopf. Da, wo sich mein Vater fast den Tod geholt hat, als sich sein Segelflugzeug in den Wiesenboden gebohrt hat.

Die Tür geht auf. Ein strahlender Glatzkopf kommt mit zwei Infusionsflaschen zu mir. Sein Kumpel gleich dahinter, die Fernsehkarte in der Hand.

»So, Madl, jetzt gibt's guate Saftln für di. Zersch kriegsch amal des Antibiotikum. Und wenn des durch is, no a Schmerzmittel. Des macht di dann miad. Weast schlafen wie a Baby. Müss ma halt zersch a Leitung legen.«

Faust machen, Vene finden, kein Problem.

Sein Kollege legt mir die Karte aufs Betttischchen.

»Die steckst dann da hinein.« Er deutet auf eine weiße Maschine. »Den Rest sagt dir die Maschine dann selber.«

Dann ist es still. Die gut gelaunten Pfleger haben ihre Arbeit getan. Die farblose Flüssigkeit tropft in meine Venen. Ob es das Schmerzmittel ist oder das Antibiotikum, hab ich vergessen. Über dem Achselkopf steht ein Stern, fern lässt sich der Verkehr auf der Autobahn hören. Jetzt wird alles gut. Danke, heiliger Pharmakus.

Fokus-Suche

So froh um dieses Bett, die Schmerzmittel, die Versorgung. Nur liegen, nur krank sein, nichts tun müssen. Endlich. Liegen und auf den Knopf drücken, wenn ich etwas brauche. Die Schmerzen jetzt schon erträglicher, nach der ersten Nacht hier.

Ab Montag dann die »Fokus-Suche«, wie angekündigt. Andere Maschinen, größere Maschinen, andere Ärztinnen.

Viel Gepiekse. Die tägliche Spritze gegen Thrombose. Jeden zweiten Tag Stechen fürs Blutabnehmen. Und die Suche nach einer geeigneten Vene für die Leitung. So easy wie in der ersten Nacht geht es nicht mehr. Die Venen verstecken sich angstvoll. Es braucht Schläge und den hübschen Spezialisten, bis wieder ein Ort zum Stechen gefunden ist.

Nach drei Tagen ist klar: kein Erfolg bei der Fokussuche. Wie schon die Ambulanz gesagt hat: alle Organe schön. Bleibt noch ein letzter Verdächtiger. Der Zahn rechts unten, der unter der Brücke. Der, vor dem mich mein Zahnarzt schon lange warnt. (»Der muss raus, der kann jederzeit explodieren.«) Ja, der Zahn muss der Schuldige sein. Wenn der heraußen ist, wird wirklich alles gut. Bloß: Wie soll der heraus, wenn ich den Mund vor Schmerzen nicht aufbekomme? Fürchte mich ja schon vor dem Röntgen. Aber das geht gut. Panorama-Röntgen. Da muss man bloß so ein kleines Zäpfchen zwischen die vorderen Zähne nehmen. Und meine Freundin aus Mils ist da. Hat Dienst. Begleitet mich überall hin. Ja, der Sechser muss raus, sagt die blonde Doktorin mit den großen Augen. Ob er für die Infektion verantwortlich ist, kann man zwar nicht sagen, aber ... Und der Sechser links unten gehört geputzt, der hat eine kleine Entzündung. Und oben links ist auch noch etwas zu sehen, das kann man schwer einordnen. Gut, ich kenne mich aus. Danke schön. Auf Wiedersehen. Tschüss, liebe Freundin.

Arztvisite am Nachmittag. Der nicht so hübsche Doktor erklärt mir den Befund der Zahnklinik. Drei Zähne müssen heraus. Drei Zähne? »Nein! Das habe ich anders verstanden.« Schulterzucken. »Überlegen Sie es sich bis morgen.«

Was jetzt?! Was?! Jetzt?

Fürs Erste schlafen. Bis das Abendsüppchen kommt. Dann wieder liegen. Nachdenken. Was mach ich? Kann mir da niemand helfen? Schlafen. Die Segnungen des Heiligen Pharmakus tun ihre Wirkung.

Am Morgen weiß ich, was ich tue.

8:01 Uhr. Anruf bei meinem Zahnarzt. (»Bitte lass ihn nicht auf Urlaub sein!«, »Bitte lass ihn zu sprechen sein!«) Ja. Bitten erhört. Er wird sich die Bilder kommen lassen und mich am Nachmittag anrufen.

Bei der Visite sage ich: »Sechser raus ist okay, Sie können einen Termin vereinbaren.« Warum tue ich das? Warum sage ich das? Wo doch der Mund. Wo doch die Schmerzen. Aber es ist gesagt.

Mein Zahnarzt ruft am Nachmittag an: »Der Sechser muss raus. Der links unten braucht einen kleinen Putztrupp und der links oben, den kenn ich, der ist unauffällig.« Aha. Danke. »Du, und horch: Du musst da gar nichts jetzt gleich machen lassen. Wart, bis es dir besser geht und du den Mund aufbringst. Deine Infektion hat nichts mit diesem Zahn zu tun.« Aha. Und danke, danke, danke!!

Donnerstag. 11 Uhr. Termin in der Zahnklinik. Von der Früh an Nerven in Watte packen. Ist ja nicht nichts, so eine Brücke aufschneiden und einen Zahn ziehen.

Warten. Warten, bis der Transportbegleiter kommt, warten bis zum Aufgerufen-Werden. Warten auf dem Stuhl, bis der Arzt Zeit hat. Warten, bis er sich die Bilder angesehen hat. Warten, bis er das Wort an mich richtet. »Wir tun heute gar nichts. Das ist nur die Aufklärung. Morgen kommen dann zwei Teile. Zuerst die Brücke durchsägen, dann die Extraktion.«

Was da alles passieren kann. Er hat eine lange Liste, er hat viele Erklärungen. Ich unterschreibe. Er steht auf und packt die Unterlagen zusammen. »Eines steht fest, Frau Doktor. Dieser Zahn ist nicht die Ursache Ihrer Infektion. Dazu bräuchte es am Zahn irgendwelche akuten Symptome. Die haben Sie nicht.«

Aha.

Zurück auf die Station, zurück ins Bett. Dösen, ruhen, denken. Denken ist zwar ungesund, aber in diesem Fall … Irgendwann ist ausgedacht. Aufstehen, zur Schwesternstation gehen. »Ich möchte bitte einen Arzt sprechen. Heute noch.« Geht in Ordnung. Das ehrgeizige Gelhaarbürschchen kommt. Steht an meinem Bett. Ich setze mich auf. Will an Höhe gewinnen, was möglich ist. Die Fallhöhe zwischen ihm und mir minimieren. »Herr Doktor, ich möchte den Termin morgen absagen. Keine Extraktion. Drei Zahnärzte haben mir gesagt, dass sich die Infektion nicht durch diesen Zahn erklären lässt.« Er braucht ein paar Atemzüge, bis er seine Stimme gefunden hat. »Sie sind eine mündige Patientin. Selbstverständlich sagen wir den Termin ab.« – »Danke.«

Eine Weile später steht der geschickte Venenfinder vor mir. Er hat eine Mission: mir das Versprechen abzuringen, dass ich den Zahn auf alle Fälle sanieren lasse, wenn ich einmal keinen Stress in der Arbeit habe.

Das lässt sich leicht versprechen. Kein Stress in der Arbeit?

Eine Pressereferentin, die keinen Stress hat, ist keine Pressereferentin.

Drei Tageszeitungen zum Frühstück. Und um halb acht die Nachrichten im Radio. Abends die Landesrundschau im Fernsehen.

Nicht, dass ich die Zeitungen wirklich *lesen* würde, es ist mehr so eine Fokussuche der journalistischen Art. Gelesen werden nur die Seiten, die die Tiroler Politik betreffen. Das andere überfliegen und hoffen, dass ich nichts übersehe. Damit fängt der Stress an, der innere. Habe ich etwas übersehen, weil es im Großformat nicht auf Seite 4 stand? Hat das Kleinformat etwas Bundesland-Bezogenes im Österreich-Teil versteckt? Stand auf der Wirtschaftsseite etwas Relevantes?

Auf dem Weg in die Arbeit (zu Fuß, immer zu Fuß; durch den Park über den Fluss, am Bahnhof vorbei) das Gelesene und Überflogene memorieren. Und überlegen, wer sich zu welcher Nachricht zu Wort melden muss. Oder sollte. Oder wo ich jemandem werde ausreden müssen, eine Presseaussendung zu machen. Zur Geschichte über die Nachtfahrverbote muss die Verkehrssprecherin etwas sagen. Die Sache mit der Wahlempfehlung eines Bürgermeisters auf Gemeindepapier wäre etwas für den Gemeindesprecher.

Wenn ich nur daran denke! Wieder hinein in diese Mühle. Jeden Tag schlechte Nachrichten auf den nüchternen Magen. 25 Dinge gleichzeitig tun. Pressemeldungen erfinden, weil die Politiker selbst nichts zu sagen haben. »Schreib halt das übliche Bla-Bla.« Wen interessiert schon übliches Bla-Bla? Wenn es nur Bla-Bla zu sagen gibt, kann man es doch gleich sein lassen.

Wobei die Pressearbeit das kleinere Übel ist. Und mittlerweile ohnehin meine Kollegin das meiste macht. Presseaussendungen sind überschaubare Aufgaben. Auch wenn sich ein Mandatar in seiner Materie nicht auskennt. Das geht schon. Mit anderen reden, an die ideologischen Grundsätze der Partei denken, etwas, das ich in einer Sitzung aufgeschnappt habe, verwenden. Dafür ist es dann doch gut, in den Klubsitzungen zu sitzen und mit zwei halben Ohren zuzuhören. Und so oft kommt das mit dem »üblichen Bla-Bla« ja auch nicht vor. Die zwei Frauen im Landtag zum Beispiel wissen immer, was sie der Öffentlichkeit sagen wollen. Und falls nicht, machen sie sich selber schlau.

Nein. Das, was mich jetzt wieder schwer in die Krankenhauspölster drückt, sind die Dinge, die mir als Geschäftsführerin bevorstehen. Die Nationalratswahl im September, die Umsetzung des Transparenzgesetzes.

Kann ich bitte eine Psychologin sprechen?

»Könnte ich bitte einen Psychologen sprechen?«

Der Sie-sind-eine-mündige-Patientin-Doktor hebt eine Augenbraue.

»Warum?«

»Weil ich vor dem Gesundwerden mehr Angst habe als vor dem Kranksein.«

»Aha. Ja, ich werde das veranlassen.«

Der Psychologe ist eine Psychiaterin in studentischer Begleitung und hat 50 Minuten Zeit. »Ist es in Ordnung, wenn der junge Mann bei unserem Gespräch dabei ist? Er ist in Ausbildung.«

»Ja.«

»Was arbeiten Sie denn?«

»Ich bin Geschäftsführerin einer politischen Partei.«

»Oh ... Das ist sicher eine fordernde Tätigkeit.«

»Ja. Noch dazu hatten wir heuer einen Landtagswahlkampf; das ist für eine Landesliste die Mutter aller Schlachten. Und jetzt geht es gleich mit dem Nationalrat weiter.«

»Haben Sie heuer schon Urlaub gemacht?«

»Ja. Eine Woche.«

»Das ist ein bisschen wenig.«

Ja, viel zu wenig. Und nicht wissen, ob ich danach noch einen Job habe. Oder welchen.

»Hätten Sie die Möglichkeit, sich noch einmal freizunehmen?«

»Im Moment geht das nicht. In Wahlkampfzeiten gilt Urlaubssperre. Aber ich habe eine Kur bewilligt bekommen. Im Herbst.«

»Wie lange?«

»Drei Wochen.«

»Das ist gut.«

»Was machen Sie eigentlich in Ihrer Freizeit?«

»Freizeit? Äh hm ...«

Freizeit? Was mache ich da wirklich? Mensch, das gibt's doch nicht. Mir fällt da gar nichts ein. Doch. Computerspielen. Am Abend. Jeden Abend eigentlich. Wenn man's genau nimmt. So lange, bis mir der Arm abfällt. Kann nicht aufhören, auch wenn schon längst hundemüde. Aber das sag ich lieber nicht. Das hat so was Suchtmäßiges.

»Ab und zu gehe ich wandern.«

Bin ich wandern *gegangen*. Wann war das letzte Mal? Im Juli, glaub ich, in Tannheim, wo ich bei jedem schiefen Grashalm in Tränen ausgebrochen bin.

»Treffen Sie nicht manchmal Freunde oder gehen ins Kino oder ...«

»Ja, Freundinnen schon manchmal.«

Aber das ist mir in Wahrheit zu hart. Die Freundschaften pflegen. Am Abend noch wohin. Dann irgendwelche Geschichten. Ich will doch nur meine Ruhe. Sonntag mit dem großen Mann. Sonntag immer mit meinem Großen. Auch wenn ich lieber niemanden sehen würde. Allein sein. Nichts tun. Gar nichts.

»Haben Sie Hobbys?«

»Manchmal stricke ich etwas.«

»Okay ... Was ich sehe, ist, dass Sie etwas erschöpft sind. Depression haben Sie keine. Sie brauchen ein bisschen Erholung und Sie sollten Ihr Freizeitverhalten überdenken. Suchen Sie sich jemanden, mit dem Sie darüber sprechen können. Das muss keine Therapeutin sein, das können Lebensberater auch gut.«

»Mhm ... Und was mache ich, wenn ich hier entlassen werde?«

»Sie gehen zum Hausarzt. Mit dem Infekt, den Sie jetzt haben, wird er Sie bestimmt noch ein paar Tage krankschreiben.«

»Okay. Wiederschauen.«

»Alles Gute.«

Meinen Geburtstag feiere ich in der Cafeteria. Mit französischem Apfelkuchen und Mann. Morgen darf ich nach Hause. Muss ich nach Hause. Mich wieder allein um mich kümmern. Um alles kümmern.

Den Arztbrief geben sie mir gleich mit.

»Nach der stationären Aufnahme erfolgte die Fokus-Suche

sowie antibiotische Behandlung mit Augmentin i. V. Im Verlauf deutliche Besserung des Allgemeinzustandes mit rückläufigen Entzündungsparametern. Als Fokusherd zeigen sich die Zähne am Unterkiefer. Hier eindeutige Empfehlung der Extraktion von 36 und 46. Dies wird von der Patientin abgelehnt.«

So kann man die zehn Tage auf der Internen auch beschreiben.

Cry me a river

Es ist ausgestanden. Das Antibiotikum hat seine Arbeit getan. Meine Schmerzen sind weg, ich kann wieder essen und ich bin wieder zu Hause. In meiner großen, schönen Wohnung.

Ich bin müde. Unendlich müde. Ich werde das Schlafmittel nicht brauchen, das sie mir in der Klinik aufgeschrieben haben. Um halb neun schlafe ich ein, um acht wache ich wieder auf. Dann Kaffee, eine große Schale, und dem Kaffeedampf beim Tanzen zusehen.

Mein Großer fährt mich zum Arzt, ich brauche die Krankmeldung. Den Brief von der Klinik habe ich dabei.

»Wie lange möchten Sie zu Hause bleiben?«

»Keine Ahnung. Ich weiß nur, dass ich morgen noch nicht arbeiten kann.«

»Haben Sie jemanden, mit dem Sie sprechen können?«

»Sie meinen eine Therapeutin?«

»Ja.«

»Brauche ich das?«

»Schauen Sie, 98 Prozent der Leute, denen es so geht wie Ihnen, brauchen Hilfe. Allein strampelt man sich nur weiter in den Sumpf hinein. Ich schreibe Sie jetzt unbefristet krank. Wenn es Ihnen besser geht und Sie wieder arbeiten können, rufen Sie bei der Krankenkasse an und melden sich gesund. Und suchen Sie sich jemanden.«

»Okay.«

»Und wenn es länger dauert, wird die Krankenkasse Sie vorladen, und dann sehen Sie ja, was die dort sagen.«

»Mhm. Und was kann ich tun, damit es mir bald wieder besser geht?«

»Gehen Sie viel spazieren und tun Sie nur, was Sie gerne tun.«

Was ich gerne tue? Immer wieder diese Frage. Nichts. Nichts tu ich gern. Und im Moment tu ich am liebsten gar nichts. Heim auf die blaue Couch. Liegen. Morgen dann, vielleicht, oder übermorgen ein paar Schritte gehen. Im Wald. Falls mein großer Mann Zeit hat. Wald ist gut. Grün und kühl. Und still und weicher Boden.

Er nimmt sich Zeit. Fährt mit mir aus der Stadt hinaus. Geht mit mir zum See. Langsam, sehr langsam. Er muss auf mich warten. Bis zum See kommen wir gar nicht. Die paar Meter! Meine Beine zittern plötzlich. Ich muss mich anlehnen. An ihn anlehnen.

»Bitte kehren wir um.«

»Bist ganz schön bedient, hm?«

Der Spaziergang hat ganze zehn Minuten gedauert. Aber es nützt nichts. Heim, nichts wie heim.

»Hast du etwas zu essen zu Hause?«

»Käse müsste noch da sein. Und ein Stückchen Brot.«

»Dann fahren wir jetzt beim Supermarkt vorbei und kaufen dir etwas ein.«

»Ich kann nicht. Ich weiß nicht, was.«

»Was möchtest du denn?«

»Weiß nicht. Kauf du mir etwas. Irgendetwas.«

»Ich weiß ja nicht, was du gern magst.«

»Ich auch nicht.«

»So ein Gfrett mit dir.«

»Tut mir leid. Bleib einfach beim Geschäft stehen und hol mir was. Ich bleib im Auto.«

»Gehen Sie viel spazieren.« Und dann geht es nicht. Was bin ich für ein Wrack. Und ich sollte doch in die Arbeit zurück. Bin schon so lang weg. Fast vier Wochen. Wann wird das denn wieder?

»Was ist los?«

»Ich kann nicht mehr.«

»Wegen so einem kurzen Spaziergang?«

»Nein. Weiß nicht. Ich muss immer an die Arbeit denken.«

»Ja. Langsam solltest du schon wieder werden. Wie lang kannst du denn wegbleiben?«

»Keine Ahnung. Aber mir geht's einfach nicht gut.«

»Klar geht's dir gut. Du musst nicht ins Büro, du kannst mitten in der Woche spazieren gehen und andere Leute kaufen für dich ein.«

»Ja, danke. Trotzdem ...«

»Du willst einfach nicht, dass es dir gut geht.«

»Warum soll ich nicht wollen, dass es mir gut geht?«

»Sonst tät es dir ja gut gehen.«

»Du hast ja keine Ahnung.«

»Nein, ich hab nie von etwas eine Ahnung.«

»Von solchen Sachen wirklich nicht.«

»Was für ›Sachen‹?«

»So seelische halt.«

»Ich hab dir doch gesagt, du musst dir eine dicke Haut zulegen, sonst kannst du den Job nicht machen.«

»Hab ich ja versucht.«

»Was nimmst du deine Chefitäten so ernst? Sind doch nur Politiker, die ihre Spielchen spielen.«

»Das nützt mir gar nichts. Ich muss sie ernst nehmen. Ich arbeite für sie. So verdiene ich mein Geld. Wie soll das denn weitergehen? Wenn ich nicht arbeiten kann?«

»Reiß dich halt ein bisschen zusammen, dann geht's schon wieder.«

Er legt mir seine große Hand auf den Oberschenkel. Nur, dass mich das gar nicht tröstet.

»Fahr mich jetzt bitte nach Hause.«

»Ja, länger als eine Stunde hältst du's mit mir ja nicht aus.«

Wenn du so redest, nicht, ja. Was soll das, ich will nicht, dass es mir gut geht? Wie lang ich krank sein kann?

Mein Gott, keine Ahnung. Ich brauch den Job. Ich kann ja nichts anderes. Die dürfen mich nicht rauswerfen. Nein, tun sie auch nicht. Nicht diese Partei. Nein, bestimmt nicht.

Obwohl. Vielleicht sind sie froh, wenn sie mich loswerden. Gibt so viele andere, die den Job besser machen können als ich. Ich kann ja nur Presseaussendungen schreiben und Fragen nach der Rechtschreibung beantworten. Bin ja keine politische Pressereferentin. War ich nie. Und eine politische Geschäftsführerin schon gar nicht. Eigentlich gar keine ordentliche Geschäftsführerin. Ich kann Wählerstimmen nicht in Mandate umrechnen, weiß nie, welches Ergebnis wir bei der letzten Wahl hatten, habe keine Ahnung, wie man das Plakatieren organisiert.

Und jetzt dann die ganzen Fragebögen zum Transparenzgesetz! Keine Ahnung. Da sitzen jetzt sicher welche in den Stauden und sagen, die Obergscheite, hoffentlich kommt die nimmer. Die war ja nie für was gut. Obwohl ich es wirklich versucht habe. Eine politische Geschäftsführerin zu sein.

Aber bei vielen Themen fehlt mir einfach das Talent zur Aufregung. Oder mich groß vor die Bezirksleute hinstellen und sagen: »Ich bin's, eure Generalsekretärin!«, das bring ich einfach nicht. Und deswegen hat er mir die Flügel gestutzt, der Chef.

»Ja, dann. Da sind wir. Was machst du jetzt, wenn du mich lästigen Sack endlich los bist?«

»Ich leg mich auf die Couch und heule.«

»Viel Spaß.«

»Danke fürs Einkaufen. Ach, wie viel kriegst du eigentlich von mir?«

»Lass gut sein.«

»Danke.«

Ah, meine wunderbare, blaue Couch. Und niemand, der mir sagt, ich soll mich zusammenreißen. Kann endlich heulen. Es ist so traurig. Mein Liebster hat mir lauter gute Sachen eingekauft und ich kann mich kein bisschen freuen.

Chiara hat er auch gut versorgt. Mein weiß-oranges Kätzchen. Er ist jeden Tag zu ihr gefahren und hat sie gefüttert. Obwohl er Katzen eigentlich nicht mag. Sogar gestreichelt hat er sie. Sagt er. Ich glaub's ihm. Er ist keiner, der lügt.

Trotzdem macht sie mir keinen guten Eindruck. Sie sitzt den ganzen Tag still herum. Hat mich gar nicht richtig begrüßt, als ich aus dem Krankenhaus gekommen bin. Nur kurz hergeschaut. Frisst nichts, will nichts. Schläft nicht einmal. Vorhin hat sie ein paar Schlucke Wasser genommen.

Als ob ich nicht so auch schon traurig genug wäre. Wenn ich etwas tue, eine Kleinigkeit, geht es mir vielleicht besser. Die Schmutzwäsche sortieren zum Beispiel. Das mach ich jetzt. Dann wieder hinlegen. Und ihn anrufen.

»Der Chiara geht's gar nicht gut. Ist das schon länger so?«

»Seit ein paar Tagen. Aber ich wollte dich nicht beunruhigen. Drum hab ich nichts gesagt. Sollen wir zu deiner Tierärztin fahren?«

»Ja, bitte.«

Wenn die Katze nichts frisst, ist die Prognose schlecht, sagt die. Sie gibt uns Astronautennahrung mit. Und ein bisschen Streichwurst sollen wir kaufen. Chiara nimmt ein kleines Löffelchen davon. Ein bisschen Astronautennahrung auch. Am Abend geht es ihr besser. Sie trinkt Wasser und putzt sich. Schläft ein.

Komm, Kätzchen, mach, werd wieder gesund! Ich brauch dich doch. Dein weiches Fell, dein Schnurren auf meinem Bauch.

Aber in der Früh liegt sie auf dem blanken Boden, atmet schnell, flach auf dem Bauch, alle viere von sich gestreckt. Reagiert kaum. Das Astronautenfutter schluckt sie nicht. Irgendwann lässt sie Wasser. Ich fürchte mich.

Und jetzt ist sie tot. Unter meinem Schreibtisch hat sie noch ein paar Mal schwer geschnauft. Danach hat sich ihr Bäuchlein nicht mehr bewegt.

Er hat sie in eine Decke gewickelt und wie ein Baby hinuntergetragen. Nun liegt sie unter dem Holunderbaum. Wir haben ihr ein Grab geschaufelt, ein schmaler, junger Mond hat zugesehen.

Zu meinem Baum

Ich muss wieder in den Wald. Und mir eine Therapeutin finden. Ich werde meine Freundin fragen. Das Weinen hört nicht mehr auf. Beim Aufstehen, beim Zähneputzen, beim Geschirr-Wegräumen, beim Brotstreichen, vor dem Essen, während des Essens, nach dem Essen. Keine Tätigkeit nützt mehr. Egal, was ich tue, es hört nicht auf. Ein paar Schritte durchs Viertel, rund ums Haus, an den Mauern der Häuser entlang, am Abend, damit niemand die Tränen sieht. Wald wäre besser.

Dort würden vielleicht auch die Gedanken aufhören zu kreisen. Sie fahren Karussell.

Chiara, das arme Kätzchen, der Flügel-Stutzer, das verfallene Haus am Eck, die Vorsitzende, das Wahlergebnis, der Schmutz in meiner Wohnung, das Budget, die Vorstandssitzung, der Mandatar ohne Mandat, das Kind sollte ich einmal anrufen, habe ich mich bei meinem Großen bedankt?, mein Gott, ich habe mich vertippt, ausgerechnet bei Schießübung, der Putz im Stiegenhaus bröckelt ...

Ich kann es nicht stoppen. Und nur ein Gefühl, ein einziges: Traurigkeit. Eine grundlose, alles umfassende Traurigkeit. Abgrundtief.

In den Wald, aber ohne ihn. Ich will nichts hören von zusammenreißen und dir-geht's-doch-eh-gut. Aber Wald geht noch nicht. Wenigstens zu den Bäumen im Park, weg von der Straße. Dort weinende Kinder, ein Ehepaar streitet. Ich muss irgendwohin, wo niemand ist.

Aber ich bin so müde. Keine sanfte, Ich-schenke-dir-einen-feinen-Schlaf-Müdigkeit, mehr so eine stickige Burka aus kratzendem Stoff, so eine ich-will-die-Welt-nicht-spüren-Müdigkeit. Obwohl ich so viel schlafe. Am Nachmittag, in der Nacht.

Manchmal kommt er vorbei. Bringt etwas zu essen mit. Wir spielen ein Malefiz oder einen Canasta. Er gewinnt, dann geht er wieder.

Ich sage nichts vom Wald. Ich muss das selber hinkriegen. Ich müsste es nur aus der Stadt hinaus schaffen. Zehn Minuten mit dem Auto. Lieber mit dem Auto. Im Bus Menschen, fremde, womöglich viele. Lieber mit meinem schwarzen Pferdchen. Da fühle ich mich sicherer. Es wird mich hinauftragen in den Wald.

Zu meinem Baum. Ich darf mich an ihn lehnen, mein Gesicht an seiner Rinde reiben. Er lässt mich machen, ohne Kommentar. Ihn stören auch meine Tränen nicht. Sagt nichts von Heulsuse oder Selbstmitleid oder Schau-dass-du-endlich-wieder-ins-Büro-kommst.

Irgendwann ist es gelungen, das In-den-Wald-gehen. Jetzt gehe ich jeden Tag. Seit Wochen. Die tägliche Medizin. Brave Patientin. Damit ich bald wieder gesund werde. Allmählich wird die Luft kühler, der Boden unter meinen Füßen zäher und eines Tages hat der See eine Gänsehaut. Hauchdünnes Eis, das in der Sonne glitzert. Da bleiben die Tränen kurz weg. Es ist so schön.

Sollte ich mir je wieder eine Katze zulegen, würde ich ihr einen musikalischen Namen geben. Adina zum Beispiel, die Schöne aus Donizettis Liebeselixier, die ihrem schmachtenden Nemorino so lange die kalte Schulter zeigt, bis er im Rausch des Tranks Unbekümmertheit zur Schau stellt. Eine kluge Geschichte. Und ein Happy End.

Kaffee, Kuchen und Gesellschaft

Die Geschäftsführung macht jetzt Kollege Schützenhauptmann. Ist mir sehr recht, habe ich zur Chefin am Telefon gesagt. Ob ich meinen Job wieder haben möchte, wenn ich zurückkomme? Nein, das passt gut so. Den ganzen Parteigack brauche ich nicht mehr. Das habe ich natürlich nicht gesagt. Und meine Stelle als Pressereferentin sei noch da. Ich brauche mir keine Sorgen zu machen.

Traum

»Bei mir« in der elterlichen Wohnung. Jemand hat den schönen, hölzernen Küchentisch gegen einen unpassenden, hässlichen, viel zu dunklen und viel zu kleinen Tisch ausgetauscht. Und etwas Schweres dagelassen. Etwas wie eine überdimensionierte, gusseiserne Nähmaschine. Und dann ist auch noch der Kühlschrank leer. Das ist zum Verrücktwerden. Zum Toben. Zum Schreien. Eine fassungslose Ma schaut mich an. Ja! Ich schreie unter Tränen. »Ich gehe jetzt. Hier gibt es ja nicht einmal ein Frühstück!«

Die Tränen sitzen locker. Der Weg zur Psychotherapeutin ein Spießrutenlauf. Zum Einkaufszentrum, vorbei an den jungen Männern mit den leeren Augen, durch die dunkle Passage, wo Bettlerinnen »danke-danke« murmeln, auch wenn man ihnen nichts gibt, durch Innenstadt und Shoppingmeile. Schaufenster, Wahlplakate, Menschen, Menschen, Menschen. Augen auf den Boden und durch. Das nächste Mal fahre ich mit dem Auto.

Bin so froh, dass ich sie gefunden habe. Meine Freundin

hat das gut eingefädelt. Jemand, der mir zuhört. Der seine ganze Aufmerksamkeit *mir* schenkt. 50 Minuten nur für mich und meine Traurigkeit. Was ich denn so tue, den ganzen Tag, hat sie gefragt. Oh, nichts eigentlich. Frühstücken, duschen und spazieren gehen. Dann auf der Couch liegen und weinen.

»Kochen Sie für sich?«

»Nicht wirklich. Ab und zu gehe ich zum Chinesen oder eine Freundin bringt mir Pizza, sonst Käsebrote. Ich stehe oft im Lebensmittelladen und weiß nicht, was einkaufen. Komme dann mit Butter und einem Stück Bergkäse nach Hause.«

»Gut, dann fangen wir damit an. Sie überlegen sich, was Sie gerne essen möchten. Was Sie sich kochen wollen. Schauen Sie ins Internet, holen Sie sich Anregungen. Reden Sie mit Freundinnen. Wie schaut es denn mit Freundinnen aus?«

»Ja, die mit der Pizza und noch zwei, drei. Aber es ist nicht oft, dass ich jemanden treffe. Am ehesten noch meinen Freund. Aber das ist schwierig.«

»Sie brauchen ein bisschen mehr Gesellschaft. Schauen Sie, dass Sie regelmäßig Leute treffen, die Ihnen guttun.«

»Die mir guttun ...«

»Ja, und gehen Sie zur Friseurin. Lassen Sie sich einen hübschen Schnitt für die Kur machen. Vielleicht auch ein bisschen Farbe. Und machen Sie sich keine Sorgen um Ihren Job. Sie werden wieder werden. Was sagt eigentlich die Krankenkasse? Sind Sie schon vorgeladen worden?«

»Ja, einmal. Die Ärztin dort hat sehr mitfühlend gewirkt. Hat gesagt, ich soll viel spazieren gehen und nur tun, was mir guttut. Sie hat mir den Krankenstand wieder um vier Wochen verlängert.«

»Und was tut Ihnen gut?«

»Keine Ahnung.«

»Daran werden wir arbeiten.«

Ich mache mir aber doch Sorgen. Es vergeht keine Stunde, in der ich nicht an die Arbeit denke. Ich werde Kollege Geschäftsführer anrufen. Um zu klären, wie es weitergehen könnte, wenn ich zurückkomme. Nach der Kur vielleicht, die ist jetzt dann bald. Danach geht es bestimmt wieder. Hat auch Frau Therapeutin gemeint.

Mit ihm in unserem Stammbeisl. Da bin ich immer gern hingegangen. Habe dort oft mit Kolleginnen zu Mittag gegessen. Am Nebentisch lauter politische Schwergewichte, Geschäftsführer inklusive. Neben denen bin ich ein Waserl. Hab mich ein-, zweimal mit ihnen getroffen. Gespräche über Fairness im Wahlkampf. Mein Gott, wie klein ich mich fühle. Der Kollege Schützenhauptmann passt für den Job viel besser als ich. Ich bin ganz zittrig. Bringe von dem köstlichen Risotto nur drei Gabeln hinunter.

»Ja, Madl, ich könnt dich für die Kampagnenleitung, die Veranstaltungsorganisation und die Pressearbeit brauchen.«

Puh, das klingt nach viel.

»Ich werd's mir überlegen.«

»Ja, überleg dir's und schau, dass'd bald wieder gsund wirst.«

Ich will gar nichts überlegen. Ich will einfach nur meine Ruhe. Will gar nichts tun. Will nicht wieder hinein in die Mühle. Aber ich werde wieder müssen. Ich denke später darüber nach, jetzt nicht.

So plötzlich. Müde. Plötzlich. So müde. So früh. Halb acht. Wie eingebrochen müde.

Und der Schmerz der Sehnsucht. Nach Stahlhelm-Fraktion-Zeiten. Stahlhelm-Fraktion-Gefühlen. Stahlhelm-Fraktion-Taten. Befreiungsschläge. Nehmen. Was ich will. Fordern, was mir zusteht. Ohne Zweifel. Daran. Dass mir etwas zusteht.

Unbrav wär ich gern. Schamlos. Sorgenlos. Heiter. Wo ist denn meine Chuzpe hin? Die ich einmal gehabt habe. Als Kellnerin in der Bar zum Beispiel. Wo ich zum Chef einfach gesagt habe: »Wenn du dich jetzt nicht sofort entschuldigst, gehe ich. Und zwar auf der Stelle.« Als er mir unterstellt hat, ich würde Geld in meine eigene Tasche abzweigen. Wie ich die Kellnertasche auf den Tresen gelegt und nach der Schleife der Schürze gegriffen habe. Das Lokal bummvoll. »Entschuldigung«, hat er gesagt. »Dann ist ja gut«, hab ich gesagt und die Geldtasche wieder eingesteckt. Ich habe nämlich kein einziges Mal etwas schwarz kassiert. »Und ich will so eine Unterstellung nie mehr hören.« Ich habe sie nie mehr gehört.

War das nur die jugendliche Arroganz einer Studentin, die weiß, dass sie nicht ihr ganzes Leben lang kellnern wird?

Warum, verdammt, lasse ich mir jetzt alles gefallen? Seit Jahren? Damals, als mich der Klubobmann als Pressereferentin des Klubs abmontiert hat, ohne mit mir zu reden, dann, als der Geschäftsführer nach der Landtagswahl nicht mehr konnte und ich stillschweigend seine Aufgaben übernommen habe, damit der Laden weiterläuft. Als Nächstes der Vorsitzende, der mich zuerst zwingt, die Geschäftsführung zu übernehmen und mir dann den Agenturmenschen als Wahlkampfleiter vorsetzt. Und letztlich auch die Jetzige, die mir einen joblosen Abgeordneten als Reform-Manager aufs Auge drücken wollte.

Ja, das sind die Kränkungen, nach denen mich Frau Dr. Psychotherapeutin gefragt hat.

Immer Ja und Amen. Und »hoffentlich sind sie mit mir zufrieden.« Und »hoffentlich werfen sie mich nicht hinaus.« Jemand anderer kann das besser als ich. Und »ich bin so klein, du bist so groß«. Ich brauche dich, du brauchst mich nicht.

Geselligkeit, hat sie gesagt. Ich brauche mehr Geselligkeit. Brauche ich die wirklich? Wer will mich heulendes Elend überhaupt sehen? Zwei-, dreimal, das hält man als Freundin schon aus. Aber allmählich ... wird es zur Zumutung. Heule immer noch. Erschöpfung, ein bisschen Pause, dann geht's schon wieder. Davon merke ich nichts.

Ich gönne mir jetzt eine Marzipankartoffel vom Konditor. Weich, süß und rund. Das tut mir bestimmt gut. Ja! Endlich einmal eine Idee, was mir guttun könnte. Ja, diesem Impuls gebe ich nach. Ist seit Wochen der erste. Ich hole mir die Kartoffel und esse sie zu Hause. In meiner Höhle. Als Belohnung dafür, dass ich die Hölle von Stadt überstanden habe. Und morgen rufe ich meine Pizza-Freundin an und frage sie, ob sie zum Kaffee kommen mag. Zu mir. Damit ich nicht hinaus muss. Vielleicht bringt sie dann auch einen Kuchen mit. Kaffee, Kuchen und Gesellschaft gegen die Angst, ich könnte nie mehr so werden wie früher. Mit einem funktionierenden Kopf und Freude an etwas.

Flieg, schwarzer Vogel

Traum

Ich mache Feuer im Wohnzimmer. Ich habe alles, was es dazu braucht. Aber ich vergesse, zum Schluss die großen Buchenscheiter draufzulegen, und so wird der Ofen nicht warm genug. Also noch einmal von vorn. In einem kleinen Holz-Nachtkästchen, das vorn und hinten eine offene Tür hat. Ich werfe alle meine Wintersachen (meine schönen Wintersachen! Die Daunenjacke!) auf das kleine Feuer und realisiere gerade noch rechtzeitig, dass das eine Unaufmerksamkeit war, die ich schnell repariere. Wieder von vorn anfangen. Während ich Papier anzünde, kommt Tantchen herein. Ach ja, mit der hab ich ausgemacht. Aber warum die Tür sperrangelweit offen lassen? Das Feuer, jetzt nur mehr ein trauriges Häufchen auf dem Tisch, geht aus.

Meine erste Woche in Bad Gastein. Die erste Woche in der Wattepackung, in der Du-darfst-egoistisch-sein-Quarantäne. In der Wir-sorgen-für-dich-Kunstwelt. Die Kur habe ich im Frühling beantragt, als mir der Rücken so wehgetan hat. Und weil es leichter gewesen ist, mir in all dem Stress einen Kuraufenthalt zu erlauben als einen dreiwöchigen Urlaub.

Nicht, dass ich besonders heiß auf Bad Gastein gewesen wäre. Dieser ärgerliche Ort. Hochgezogen über weiß der Teufel wie viele Höhenmeter. Jeder Dorfspaziergang eine Bergtour.

Bin im Winter einmal dort gewesen, Klubklausur. Der Wasserfall zu Eiskaskaden gefroren, Hotelruinen mit einstmals gloriosen Fassaden rings herum. Schlittenfahrt zum Grünen Baum hinauf und weiter. Die armen Pferde.

So steil der Weg, streckenweise. Ich eingequetscht zwischen Klubobmann und Parteivorsitzendem. Stocksteif sitzen, nicht bewegen. Diese Nähe ist unangenehm.

Aber die Pensionsversicherung hat mich nun einmal nach Bad Gastein geschickt. Und eines muss ich dem Kurhaus hier hoch anrechnen: Das Essen ist großartig. Liebevoll zubereitet, hübsch anzusehen und köstlich schmeckend. Nah an einem Häubchen dran.

Also lasse ich mich massieren, bade in Radonwasser, hebe und senke Arme und Beine nach gymnastischen Vorgaben, rolle mein Becken, dehne und strecke und bücke mich. Und wenn ich ins Zimmer zurückkomme, wartet dort treu der schwarze Vogel auf mich.

Er lässt mich nicht aus den Augen. Landet zwischendurch auf dem Herzfeld und öffnet den Tränenhahn. Von mir aus. Bin ja im Glashaus. Darf alles sein. Aber könnte nicht auch mal ein Lichtstrahl aus der Seelentiefe kommen? Unmöglich, dass dort nur finstere Gestalten wohnen. Grässliche Fratzen. Täglich grässlicher. Kann sich da nicht mal was Hoffnung-Spendendes zeigen?

Nein. Der missgünstige Vogel hackt auf mir herum, zerrt an mir. Verdunkelt die Aussicht, verbarrikadiert die Wege, öffnet den Tränenhahn. Er überschwemmt mich nicht, er lässt nur ein paar Tropfen fließen. Fies. Hinterhältig. Genug, um mich an den Schwall zu erinnern, der mich wieder und wieder weggeschwemmt hat. Garstiger, schwarzer Vogel.

Nimmt mich jemand bei der Hand. Bitte nimmt mich jemand bei der Hand. Und führt mich hinaus in eine Helle mit tiefem Horizont, mit sanften Konturen, glucksendem Bach, freundlicher Sonne. Bitte zeigt mir jemand den Weg. Gibt mir jemand Beine. Beflügelt jemand meine Gedanken. Tränkt jemand meinen Tatendurst. Füttert jemand meine Freude. Zeigt mir jemand, wie die Fülle zu nutzen. Die Fülle an Holz und Spänen, Papier und Flamme, an Brot und Marzipankartoffeln. Die Fülle an Gesellschaft, an Wesen. Zeigt mir jemand, wie die Puzzleteile zusammengehören. Welches Bild sie ergeben können. Hilft mir jemand, die Beklemmung zu durchbrechen, die Starre zu bewegen, die Schwere abzuschütteln. Den Boden zu spüren und den Himmel zu ahnen. ICH zu werden und der Welt gewachsen sein. Weg von Furcht und Angst und Sorge und Kleinmut.

Schwarzer Vogel, flieg nach Hause. Du verdunkelst meine Herberge. Ich brauche Licht und frisches Wasser. Dein Aasgeruch verdirbt mir den Durst. Flieg weg.

Ich fühle mich eingesperrt. Eingesperrt in meinem Kopf. In meinen Gewohnheiten. In meinem Leben. Meinen Erwartungen, Hoffnungen, Sehnsüchten, Fantasien.

Wann freue ich mich wieder, jemanden überraschen zu können, etwas leisten zu können, etwas tun, sehen, denken zu können?

Wann hört die Angst auf, etwas Bestimmtes tun zu müssen?

Was ist nach diesen drei Wochen? Was kommt dann? Ich fürchte mich. Fürchte mich. Fürchte. Ans Netz denken. An das Netz eines freundlichen Universums. Nein. Jetzt noch gar nichts denken. Nur hier sein. Unterm Glassturz.

Traum

Ich suche Holz für den Kachelofen zusammen. Alle Scheite, die ich finde, sind dünn und geben nichts her.

Drogenonkel und Quasseltante

»Heißt es deswegen Burn-out, weil man träumt, dass man den Ofen nicht mehr einderheizt?«, frage ich meine Therapeutin, als ich wieder zu Hause bin.

»Kann schon sein«, sagt sie und lacht. »Sie haben ja ein reges Traumleben. Das ist gut. Weniger gut ist, was Sie mir über den schwarzen Vogel erzählen. Ich hätte Ihnen wirklich gewünscht, dass es Ihnen in der Kur gut geht. Hübsche Frisur übrigens.«

»Ja, hat sie mich gut beraten, die Friseurin.«

»Ich denke, Sie brauchen medikamentöse Unterstützung. Das schaut mir sehr nach Depression aus.«

»Meinen Sie wirklich?«

»Ja.«

»Aber ...«

»Ich weiß, woran Sie denken. Da geistern viele Horrorgeschichten über Antidepressiva herum. Aber glauben Sie mir, es gibt mittlerweile sehr gute Präparate, fein abgestimmte. Sie brauchen nicht zu fürchten, Ihre Persönlichkeit zu verlieren. Nur ein bisschen Unterstützung gegen die Traurigkeit. Damit es in Ihrem Innenleben wieder heller wird.«

»Wenn Sie meinen. Wer verschreibt mir das? Mein Hausarzt ist ein strikter Gegner von Antidepressiva. Er sagt, Psychopharmaka würden die psychischen Prozesse unterbinden, die da jetzt laufen.«

»Nein, ich schreibe Ihnen die Nummer von einem Psychiater auf. Der ist zwar privat, aber die Niedergelassenen taugen alle nichts. Sie müssen da ja nicht oft hingehen; die Therapie machen wir hier. Er wird Ihren Serotoninspiegel überprüfen lassen und Ihnen etwas Geeignetes verschreiben. Vielleicht brauchen Sie ja gar nicht viel, vielleicht ist es ja nur eine Erschöpfungsdepression.«

Also doch Depression. Wer täuscht sich da jetzt? Meine Therapeutin oder ist die Psychiaterin in der Klinik falschgelegen? Egal. Wenn es mir nur endlich besser geht. Ich schlucke alles, wenn nur die Heulerei aufhört.

Drei Wochen später sitze ich im grünen Fauteuil des Psychiaters. Viel Möbel um meinen schmal gewordenen Popsch herum. Habe Riesenglück gehabt, so schnell einen Termin zu bekommen.

»Danke, dass Sie mich heute einschieben, Herr Doktor.«

»Mir ist ein Patient ausgefallen.«

»Sie haben aber lange Arbeitstage. Ihr SMS ist um acht gekommen und jetzt ist es 19 Uhr.«

»Machen Sie sich keine Sorgen um mich, ich passe schon auf mich auf. Erzählen Sie von sich. Wo zwickt's?«

»Ich bin im August krank geworden, ein schlimmer Infekt. Ich bin neun Tage in der Klinik gelegen und die haben das gut hingekriegt. Das Antibiotikum hat gewirkt und ich habe es auch vertragen. Aber psychisch komme ich nicht wieder auf die Füße. Früher, wenn ich krank gewesen bin, eine Grippe oder so, war ich danach wieder voll motiviert. Aber dieses Mal will die Kraft einfach nicht zurückkommen.«

»Was arbeiten Sie denn?«

»Ich bin Landesgeschäftsführerin einer politischen Partei.«

»Oh ... Ja, die Politik macht viele krank. Ich habe drei Patienten von verschiedenen Parteien. Ich sag Ihnen nicht, von welchen ...«

»Der Typ, der uns im Wahlkampf strategisch beraten hat, sagt, dass er nach jedem Wahlkampf mit Grippe im Bett liegt.

Bei mir hat es zuerst auch nach Grippe ausgeschaut, ist dann aber völlig ausgeartet. Habe unsägliche Schmerzen gehabt, konnte nicht mehr schlafen, nicht mehr essen. Ich bin aber erst nach neun Tagen in die Klinik gegangen, weil mein Hausarzt gemeint hat, das wäre nur eine missratene Grippe und das würde schon wieder vorübergehen. Ich habe mich in der Zeit quasi nur von Aspro ernährt.«

»Hat Ihr Magen das ausgehalten?«

»Ich hab halt gedacht, ich darf nicht so wehleidig sein.«

»Und jetzt sind Sie im Krankenstand?«

»Ja.«

»Erzählen Sie mir kurz, was gewesen ist, bevor Sie krank geworden sind. Da war die Landtagswahl – und dann?«

»Ich habe alle Mitarbeiter auf Urlaub geschickt, weil alle Erholung gebraucht haben. Wir waren alle völlig fertig. Die Wahl ist für uns nicht besonders gut ausgegangen; nicht alle Politiker haben ihr Mandat behalten können, da war die Stimmung im Keller. Dann hat meine Chefin einen groben Fehler gemacht und ich als Geschäftsführerin hab den ganzen Gack ausbaden müssen. Als Geschäftsführerin ist man ja so was wie der Müllkübel der Partei. Natürlich hat sie ihr Fett abgekriegt, aber bei mir sind auch jede Menge erboste Mails und Anrufe gelandet. Da war ein Tag, der nach einer Vorstandssitzung, da ist im Zehn-Minuten-Takt Shit bei mir gelandet. Die Leute waren zum Teil extrem untergriffig. Da hab ich dann nimmer können. Bin die nächsten Tage nur mehr an meinem Schreibtisch gesessen und hab die Nordkette angestarrt. Wenn jemand etwas von mir gebraucht hat, habe ich das gemacht und dann bin ich wieder dagesessen.«

»Bis Ihr Körper die Reißleine gezogen hat.«

»Genau.«

»Gut. Wie schaut denn Ihre familiäre Situation aus?«

»Ich habe eine Tochter, die ist gerade in Schweden, mit einem Erasmus-Programm. Ich bin also allein jetzt. Und ich bin so froh darum. Meine Wohnung ist meine Höhle. Die brauche ich ganz dringend. Niemand da, der etwas von mir will.«

»Was ist mit dem Vater Ihrer Tochter?«

»Wir haben uns getrennt, als sie ... warten Sie mal ... 11 oder 12 war. Ja, kurz nach der Landtagswahl 1999.«

»Und haben Sie jetzt wieder eine Beziehung?«

»Ja, aber wir wohnen nicht zusammen.«

»Geht es Ihnen in dieser Beziehung besser?«

»Hm ... Wir streiten schon oft. Er muss immer recht haben. Er ist ein gescheiter Mann, was ich sehr liebe, aber er ist so besserwisserisch. Belehrt mich immer und macht mich klein.«

»Was machen Sie sonst noch so? Hobbys und dergleichen.«

»Einmal in der Woche gehe ich zum Yoga, am Wochenende manchmal wandern mit meinem Großen.«

»Das ist Ihr ...? Sohn?«

»Nein, mein Freund. Ich nenne ihn immer so. Weil er tatsächlich groß ist. Und umfangreich. Ansonsten tu ich nicht viel. Computerspielen am Abend.«

»Was spielen Sie da?«

»Solitär. Aber ich übertreib's immer. Oft kann ich gar nicht mehr aufhören. Es ist wie eine Sucht.«

»Noch einmal zurück zur Arbeit. Wie kommt man eigentlich als Germanistin in die Politik?«

»Über das Schreiben. Als Pressereferentin muss ja man

viel schreiben, Presseaussendungen und so. Auch eine parteiinterne Zeitung machen wir, für die Mitglieder.«

»Und auf der Germanistik lernt man schreiben?«

»Nicht direkt. Aber ich habe immer schon gern geschrieben und ich habe im Studium viel gelernt, das ich in dem Job brauchen kann. Über Sprache und Kommunikation generell. Ich habe mich ja innerhalb der Germanistik auf die Sprachwissenschaft spezialisiert, nicht auf die Literatur. Habe auch eine sprachwissenschaftliche Dissertation geschrieben.«

»Zu welchem Thema?«

»Die Entstehung des Fachvokabulars in der Fotografie.«

»Interessant.«

»Ja, das war sehr interessant. In all den alten, technischen Journalen blättern. Zum Teil war ich die Erste, die sie gelesen hat. Ich musste sie erst aufschneiden. Entjungfern sozusagen ...«

Der Arzt lacht. »Jetzt wachen Sie ja richtig auf. Man merkt Ihnen an, dass Sie das gern getan haben.«

»Sehr.«

»Bei der Politik habe ich das nicht gespürt ...«

»Nein. Politik hat mich eigentlich nie interessiert, immer nur das Schreiben. Und die Menschen.«

»Dafür haben Sie aber ganz schön lange durchgehalten.«

»Ja, ich habe ja nichts Richtiges gelernt, wie einer beim Arbeitsamt einmal zu mir gesagt hat. Ich habe froh sein müssen um den Job.«

»Wann haben Sie in der Politik angefangen?«

»94 oder 95.«

»Und wann Ihr Studium beendet?«

»19...88.«

»Da fehlen mir also noch ein paar Jahre. Was haben Sie von 1988 bis 94 gemacht?«

»Zuerst habe ich bei einem Wörterbuch gearbeitet, in Deutschland. Dann bin ich schwanger geworden und wieder hierher zurückgegangen. Ja, dann Baby und ein bisschen Deutsch unterrichten, für Ausländer.«

»Und dann kam es zur Trennung. Warum eigentlich?«

»Na ja ... Es war schon viele Jahre lang schwierig gewesen. Irgendwann sind wir dann in eine Paartherapie gegangen und haben letztendlich entschieden, dass wir uns trennen.«

»Was hat denn nicht gepasst?«

»Schauen Sie ... Als unsere Tochter auf die Welt gekommen ist und ich die beiden das erste Mal miteinander gesehen habe, wie er sie gehalten und angeschaut hat, da habe ich gewusst: Den Mann habe ich verloren. Und es war auch so. Seine ganze Liebe ging zu seiner Tochter.«

»Das heißt, Sie haben in ihm keinen Partner gehabt?«

»Könnte man so sagen.«

»Ja, gut, jetzt habe ich einen ersten Eindruck von Ihnen. Ich würde sagen, wir versuchen es zunächst einmal mit Cymbalta. Das ist ein Serotonin-Noredralin-Wiederaufnahmehemmer. Das funktioniert so ...«

Ich verstehe Bahnhof, aber es klingt, als wüsste er, wovon er spricht. Beim Wort »Nebenwirkungen« bin ich wieder dabei. »... Schweißausbrüche, Mundtrockenheit und verringerte Libido.« Erster Bluttest in zwei Wochen. Bei schlimmen Nebenwirkungen anrufen! Das Medikament nicht einfach absetzen.

Jetzt habe ich es quasi amtlich. Ich bin krank. Krank, nicht schlecht geraten. »Schwere depressive Episode.« Krank.

Vermutlich schon lang. Krank sein heißt: Ich kann gesund werden. Es wird dauern. Aber es kann. Krank. Eine Chance. Die Chance, den Rucksack abzustellen.

»Sind Sie erleichtert?«, fragt er mich beim nächsten Termin.

»Erleichtert worüber? Dass ich beim Psychiater gelandet bin?!

»Ja.«

Schon etwas schräg, die Frage. Aber ja, verdammt, ich bin erleichtert. Das ganze System dreht sich jetzt um mich. Um *mich*! Sollen jetzt mal andere schauen, wie sie mich wieder auf Vordermann bringen.

»Ja, ich bin erleichtert.«

»Das sollten Sie auch sein. Machen Sie eine Flasche Wein auf, stoßen Sie an. Sie sind am Boden.«

Merkwürdige Art, eine vom schwarzen Vogel Niedergehackte aufzumuntern. Aber noch einmal ja, verdammt, es fühlt sich gut an. So tief in der Scheiße, dass sogar ich checke: So geht's nicht weiter. Allein komm ich da nicht raus. Das bring ich nicht. Dieses Mal, zum ersten Mal, bring ich's nicht. Kann nicht mehr. Kraft aus, Feuer aus, Lust aus, Freude aus, Arroganz aus. Ich-schaff-das-schon aus. Hänge im Netz, wie gekreuzigt. Macht! Macht, ihr Drogenonkels und Quasseltanten, macht! Macht mit mir, was ihr wollt. Ich schluck jedes Giftchen, absolviere jeden Spaziergang, den ihr mir aufs Rezeptzettelchen schreibt, grabe in meiner Vergangenheit, lege euch meine Albträume zum Fraß vor, zwänge mich in giftgrüne Möbelmonster und beichte. Wenn ich nur die Absolution bekomme!

»Nach feiern ist mir zwar nicht, aber ich verstehe, was Sie meinen. Es ist wohl eine Chance.«

Faulheit ist die halbe Gesundheit

Die zehn Gebote, die auf zwei Steinplatten Platz hatten, sind ein Lercherlschas gegen die unzählbaren Must-dos, Must-bes, Must-eats, Must-looks, Must-haves dieser Tage.

Du sollst an deiner Gesundheit arbeiten, du sollst kein Fleisch essen, du sollst keinen Zucker zu dir nehmen, du sollst was für deine kranke Psyche tun, du sollst strahlend weiße Zähne haben, du sollst politisch korrekt sprechen, du sollst deine Wortwahl gendern, du sollst den Müll trennen, die Umwelt schützen, Flüchtlinge betreuen, du sollst glücklich, zufrieden und entspannt sein. Du sollst Stofftaschen verwenden und Deo in die Achseln sprühen. Du sollst Geld verdienen und eine Familie haben. Du sollst gut riechen und deine Wohnung sauber halten. Und vor allem: Du sollst immer etwas tun. Wer rastet, der rostet. Müßiggang ist aller Laster Anfang.

Ich habe es getan. Fast alles. Ich habe Yoga gemacht, ich habe meditiert, ich bin auf Kirchenbänken gekniet, ich habe die Wände meiner Wohnung geweißelt, die Fenster frisch lackiert, ich habe mich auf Berge geschleppt und Flüchtlingen Deutsch beigebracht.

Ich tue es. Ich arbeite an meiner Gesundheit. Ich gehe spazieren, ich gehe in die Therapie, schlucke Tabletten und denke nach, denke nach, denke nach. Was muss ich noch tun, damit ich endlich gesund werde?

Vielleicht sollte ich es anders versuchen. Mit Faul-Sein. Wie der große Mann. Der kann das. Den ganzen Tag vor dem Fernseher liegen. Der wird dabei nicht depressiv.

»Gute Idee«, meint der Arzt. »Was hindert Sie daran, ab und zu faul zu sein?«

»Es bedroht mich irgendwie. Wenn ich einmal damit anfange, werde ich damit nie mehr aufhören können. Dann werde ich nie mehr wieder etwas tun. Wenn die faule Sau einmal geweckt ist, wird sie mich beherrschen. Ich werde meine Wohnung nicht mehr sauber halten, kein Geld verdienen. Das geht an die Existenz.«

»Sie glauben also, dass Sie in Wirklichkeit eine ›faule Sau‹ sind. Und nur weil Sie sich anstrengen, versandeln Sie nicht.«

»Genau. Wenn ich zum Beispiel auf meinem Sofa liege und auf dem Regal Staub sehe, bekomme ich Herzklopfen. Ich habe Angst, dass ich die Kontrolle über mein Leben verliere, wenn ich die Wohnung nicht sauber halte. Dass alles wegbricht, zusammenbricht.«

»Nur wenn Sie immer dranbleiben, nie locker lassen, dann behalten Sie die Kontrolle über Ihr Leben?«

»Ich habe das ja immer getan. Ich war immer die Starke. Das haben mir viele Leute gesagt: ›Du bist so stark‹. Auf dem habe ich mein Leben aufgebaut. Habe ich ja auch müssen. Sind ja schon früh Leute weggebrochen, in meiner Familie. Mein Vater. Meine Mutter. Sie war erst 59, als sie gestorben ist. Ich hätte sie so gern als funktionierende Oma für meine Tochter gehabt. Die beiden hätten sich sicher gut verstanden. Aber wie die Kleine auf die Welt gekommen ist, war meine Mutter schon schwerkrank. Ich habe immer *tun* müssen, damit der Laden läuft. Und jetzt löst sich alles auf. Weil ich nicht mehr die Alte bin, die immer tut und schaut.«

»Stark sein ist schon eine Qualität, die einem im Leben hilft. Aber Sie scheinen Ihre Stärke und Kraft vor allem gegen sich selbst eingesetzt zu haben.«

»Ja, ich habe schon viele Peitschen im Kopf, diese ganzen Sätze, die andere zu mir sagen, die hab ich eher selber im

Kopf. ›Reiß dich zusammen!‹, ›Sei nicht so selbstmitleidig!‹, ›Anderen geht es viel schlechter‹ ...«

»Da gibt es einen Teil in Ihnen, der ein strenges Regiment führt. Wischen'S dem eins aus und sandeln'S einmal so richtig.«

Strenges Regiment, ja. Dafür war die Familie meines Vaters bekannt. Faulheit strengstens verboten. Denn Faulheit — Müßiggang! — für Katholiken eine der sieben Todsünden. Und katholisch waren sie. Streng katholisch. Den Großvater hat das das Leben gekostet. »Meine Buam g'hören dem Herrgott, nit dem Hitler«, hat er gesagt. Das hat der Falsche gehört und Großvater ins KZ gebracht.

Die Besuche in dem geduckten Haus unter den dunklen, dichten Tannen schauerlich. Schotter rund ums Haus, kein Garten. Eine Krampus-Larve hinter der Eingangstür. Daneben Vaters Büchse an der Wand. Am Klo akkurat geschnittenes Zeitungspapier, um sich den Po abzuwischen. Kaltes Wasser, kalte Betten. Für mich als Kind ein Buch mit der Geschichte eines Bären, der in einen Teich voller Krebse fällt.

Am schlimmsten die Begrüßung. »Wehe, du gibst der Oma heut kein Bussi!« Dieser verhutzelten, hageren Frau mit den immer aufgekratzten Unterarmen, die ich nicht ein einziges Mal habe lächeln sehen. Aber ich war ein braves Mädchen. Heimlich habe ich mir geschworen, nie so zu werden. Lieber rund und freundlich. So wie meine Mama-Oma. Das war eine richtige Oma! Mit Pixi-Büchern in der Spielzeuglade und einem kuscheligen Teddy. Die andere war nur die Ander-Oma.

Tarnkappe

Ein Journalist ruft mich an. Einer, mit dem ich das eine oder andere Mal etwas Nicht-Berufliches beplaudert habe.

»Ich habe gehört, dir geht's nicht gut. Was ist los?«

Nett, dass er sich nach mir erkundigt.

»Ich bin ziemlich darnieder. Körperlich haben sie mich im Krankenhaus wieder gut hingekriegt, aber ...«

»Was hast du denn gehabt?«

»Einen bösen Infekt. Mit schlimmen Schmerzen.«

»Aha.«

»Aber jetzt lässt mich die Traurigkeit nicht mehr los.«

»Wenn ich etwas für dich tun kann ...«

»Ja ... Du könntest mit mir einen Kaffee trinken gehen.«

»Gern.«

»Es würde mir helfen, mit jemandem darüber zu reden, ob es für mich eine Alternative zu meinem jetzigen Job gibt. Manchmal denke ich mir nämlich, dass ich es in der Partei nicht mehr lang packe.«

»...«

»Würdest du das für mich tun? Du kennst ja die Medienszene gut. Und du weißt, wie ich arbeite.«

»Ich rufe dich an, wenn der aktuelle Stress vorbei ist.«

»Okay.«

Er hat mich nicht wieder angerufen.

Wahrscheinlich wollte er nur ausloten, ob meine Erkrankung eine Geschichte wert ist. So unter dem Titel »Parteimanagerin an Krebs erkrankt«. Oder an Parkinson.

Er wollte nicht wissen, wie es mir geht. Er wollte nur wissen, ob man etwas daraus machen kann. Medial. Und hat befunden, dass dem nicht so ist.

Es gibt Momente, da würde ich auch eine ordentliche Krankheit vorziehen. Eine sichtbare.

Eine, wo die Leute nicht fragen müssen, was fehlt dir denn? Du hast alle Gliedmaßen dran, du brauchst keinen Rollstuhl, niemand will dir deine Brüste wegoperieren.

Wo in der Straßenbahn jemand für mich aufsteht, um mir seinen Sitzplatz anzubieten. Wenn ich mich an einer Stange festklammere, weil mir die Panik aufsteigt.

Wo das Kind nicht sagt, du tust nie etwas für mich. Weil ich gesagt habe, bhhh ... dir beim Packen helfen, das ist mir zu viel. Wenn ich einen Arm im Gips hätte, wäre es leichter für sie, könnte sie es verstehen. Vielleicht gar nicht auf die Idee kommen.

Nein, so ein inneres Schwächeln kann niemand nachvollziehen, der es nicht kennt. Hätte ich einen Verband um den Kopf, würde jeder sagen: »Mei, du Arme.« So aber heißt es: »Du willst bloß nicht. Willst bloß nicht, dass es dir gut geht. Willst bloß nicht arbeiten gehen. Willst bloß nichts für mich tun.«

Und es ist keinen Zeitungsartikel wert. Das ist der positive Aspekt der Krankheit mit der Tarnkappe.

Eine Katze braucht der Mensch

»Du brauchst unbedingt wieder eine Katze«, sagt mein Kind zu mir. »Damit du wieder leben und lieben lernst.« Das hat sie aus »Kedi«, dem Film über Straßenkatzen in Istanbul, zu dem sie mich überredet hat.

Ich bin mir nicht sicher. Chiaras Sterben sitzt mir noch in den Knochen. Außerdem: Wie soll sich ein Wrack wie ich um ein Tier kümmern?

»Um eine Katze musst du dich nicht kümmern, die kümmert sich um dich. Ihr ab und zu ein Futter hinstellen, das schaffst du.«

»Meinst du ... Na ja ... Vielleicht einmal, wenn mir eine über den Weg läuft.«

»Die laufen einem nicht über den Weg, wenn man den ganzen Tag daheim herumsitzt.«

Stimmt auch wieder.

»Aber vielleicht läuft ja *mir* eine über den Weg. Würdest du sie dann nehmen?«

»Wenn sie süß ist ...«

»Jede junge Katze ist süß.«

»Eine junge würdest du mir antun wollen?«

»Sicher. Alt und faul bist ja selber.«

»Das habe ich jetzt nicht gehört.«

»War auch nicht so gemeint. So ein kleines Kätzchen, das herumhüpft und Fellmäuse jagt, das bringt dich zum Lachen.«

»Wenn du meinst ...«

»Ja, meine ich. Schau, der da, der kleine Kater, ist der nicht entzückend?«

Sie hat tatsächlich schon gesucht und gefunden!

»Der schaut doch aus wie unsere Chiara.« »Und er ist noch zu haben.«

»Wo?«

»Im Zillertal.«

»Ein Zillertaler Bauernbursch ...«

»Der würde bestimmt zu dir passen.«

»Wann könnte man ihn holen? Wie ich dich kenne, hast du schon angerufen, oder?«

»Heute Nachmittag.«

»Heute? Mein Auto ist in der Werkstatt.«

»Ich frag den Papa.«

Und dann ist sie vor der Tür gestanden, mit diesem weichen Knäuel auf dem Arm. Klein, orange-weiß und überhaupt nicht verschüchtert. Den Schmutz vom Bauernhof noch im Näschen.

»Willkommen in der Stadt, Nemorino!«

Wissower Klinken

Sandeln also soll ich. Wenn ich nur wüsste, wie das geht.

Die Tränen machen Pause; das pharmazeutische Helferlein scheint zu wirken. Was jetzt? Die vergangenen Wochen sind auf ihre düstere Art einfach gewesen. Schlafen, frühstücken, in den Wald gehen und weinen. Jetzt plötzlich Trockenheit. Keine Tränen mehr. Aber nicht, dass ich auf irgendetwas Lust hätte. Oder Kraft. Was mach ich jetzt?

Die Wohnung verdreckt. Am Vormittag scheint die Sonne tief ins Zimmer herein, überall Staub. Ganz dick auf dem Glasregal. Wo das Puzzle liegt, das mir mein Großer auf Rügen gekauft hat.

Faule Sau. Gehst nicht arbeiten und bist nicht einmal in der Lage, deine Wohnung sauber zu halten. Was machst du den ganzen Tag? Dich in deinem Selbstmitleid suhlen. Er hat schon recht, du willst gar nicht, dass es dir gut geht. Schau, dass du wieder ins Büro kommst, wofür gibt es denn Medikamente? Wirken ja eh. Gibt nichts mehr zu heulen.

Hat mich sehr gefreut, das Puzzle. Ich habe mir das beruhigend vorgestellt, nach der Hektik in der Arbeit an einem schönen Bild zu basteln. Und es ist ein schönes Bild, diese Kreidefelsen auf Rügen. Aber dann habe ich doch immer lieber Computer gespielt. Fürs Puzzeln waren meine Nerven zu flattrig. Keine Geduld.

Mal schauen. Wie war das? Zuerst den Rahmen machen, hat er gesagt. Dann Farben sortieren.

Ich schneide die Verpackung auf und lasse die Puzzleteile auf den Wohnzimmertisch rieseln. Viel hellblauer Rückseitenstaub dazwischen. Zuerst einmal alle Teile umdrehen und die Randstücke auf die Seite legen. Ganz schön aufwändig. Dann die Farben sortieren. Blau das Meer, weiß die Felsen, dunkel der Waldboden. Theoretisch. Weil: Auch die Bäume sind sehr dunkel. Und die Kleidung der beiden Männer im Vordergrund. Das Geäst der Bäume mit Himmelblauflecken dazwischen und Himmelweiß. Und das Meeresblau gibt es auch nur in der Theorie. Ist rosa getönt oder braun oder grün. Wie auch das Weiß der Kreidefelsen. Madonna! Wie sortiert man das alles?

Seit Stunden sitze ich jetzt schon vor dem zersägten Kunstwerk, ich sollte längst etwas essen und aufs Klo müsste ich auch. 1.000 Teile sind ein ganz schöner Haufen. Ich werde den Tisch ausziehen müssen, sonst habe ich zu wenig Platz für die 48 x 68 Zentimeter, die das Bild haben wird. Seit Stunden sitze ich jetzt schon und habe noch keine zwei Teile zusammengefügt. Mir wird flau im Magen, flau im Kopf. Da, noch ein Randstück! Hat sich im Häufchen der dunkelbraunen Teile versteckt. Ist noch irgendwo eines? Habe ich noch eines übersehen? Verdammt, ich sollte wirklich dringend aufs Klo. Ah! Da, noch eines. Den Rand würde ich schon gern heute noch zusammenbauen. Aber ich sollte wirklich dringend. Und etwas essen würde auch nicht schaden.

Mein Kopf beginnt zu schmerzen, die Blase tut weh, der Magen auch.

Wie doof ist das denn? Das ist ja wie in der Arbeit. Nicht aufhören können. Weiter und weiter. Dieses noch und das, und wenn du das gemacht hast, darfst du gehen, aufstehen, Kaffee trinken. Aber zuerst diesen Absatz noch fertig schreiben, diesen Gedanken zu Papier bringen, dieses Telefonat erledigen. Der Magen knurrt, aber die Aussendung muss zuerst noch verschickt werden. Und die Freigabe ist noch nicht da. Also warten. Und bevor ich essen gehe, stelle ich den Text noch auf die Homepage. Dann ist die Sache erledigt. Dann brauche ich am Nachmittag nicht mehr daran zu denken.

Begnadete Strickerin

Auf meinem Glastisch im Wohnzimmer sind im Verlauf der vergangenen Wochen nicht nur die Kreidefelsen von Rügen entstanden, sondern auch van Goghs Sonnenblumen und zwei Engelchen beim Bussi-Geben, von einem gewissen Bouguereau. Wenn ein Bild fertig war, habe ich es ein paar Tage auf dem Tisch liegen lassen, dann habe ich es wieder zerlegt und in seine Schachtel gekehrt.

Das Puzzeln ist für mich zu einer Art Trainingslager geworden. Training, mich nicht zu übernehmen, Pausen zu machen, aufhören zu können, zu essen, wenn mein Körper »Hunger!« sagt, etwas zu trinken, wenn Durst. Nicht immer sagen: Nein, ein Stückchen möchte ich noch finden! Und noch eines und noch eines …

Aber jetzt ist genug gepuzzelt. Es muss etwas Neues her. Etwas, das die Hände beschäftigt und den Kopf nicht sonderlich beansprucht. Etwas, das ich zu Hause in meiner Höhle mit mir allein machen kann. Wozu ich niemanden brauche.

Meine Oma – die richtige! Die mit den Pixibüchlein in der Schublade – ist eine begnadete Strickerin gewesen und hatte stapelweise Hefte mit Anleitungen auf der Küchenkredenz liegen. Ich habe ein paar davon mitgenommen, als sie gestorben ist. Die blättere ich jetzt durch. Nicht, dass ich besonders viel Erfahrung mit Stricknadeln habe, aber der eine oder andere Socken ist mir schon gelungen. Mit einer guten Anleitung bringen auch zwei linke Hände etwas zustande. Soll ich mir selber etwas stricken? Oder dem Töchterchen? Auf Weihnachten, genau. Dann hätte ich ein Geschenk, müsste mir nichts mehr ausdenken. Guuute Idee!

Was könnte ihr stehen? Ich habe eine Weile geblättert und

einige Modelle mit Haftnotizen markiert und bin dann bei einem Jäckchen mit Lochmuster hängen geblieben. Löcher wie kleine Herzchen und ein kecker Schlitz über dem Popo. Das Heft ist zwar schon zehn Jahre alt, aber altmodisch kommt mir das Modell überhaupt nicht vor.

Ob ich das zusammenbringe? Ich habe noch nie etwas mit einem so schwierigen Muster gemacht. Und mit Ärmeln dran schon gar nicht. Aber wenn ich mir die Anleitung so durchlese ... Das könnte ich schon zustande bringen. Das kleine Einmaleins des Strickens habe ich bei Oma ja gelernt.

Ich zeige der Frau, bei der ich schon ab und zu Wolle gekauft habe, das Foto, und frage nach einem passenden Garn.

»Genau solche Jacken sind diesen Herbst wieder total in«, sagt sie. »Da kann ich Ihnen einige Garne anbieten. Zum Beispiel dieses herrliche Baumwollgarn mit Viskose. Sehr angenehm zu tragen und leicht zu verarbeiten.«

Das Material gefällt mir sofort, bleibt die Frage nach der Farbe. Schwarz? Klar, schwarz! Wie auf dem Foto. Das kann mein Kind dann zu einem festlicheren Anlass anziehen.

Zu Hause setze ich mich sofort hin und beginne mit der Maschenprobe. Ohne die geht gar nichts, das ist eine der Sachen, die ich von Oma gelernt habe. Außerdem muss ich ja das Muster lernen, bevor ich mit dem Rückenteil anfange.

Ich habe also das Trainingslager Puzzles gegen das Trainingslager Stricken eingetauscht. Ich rechne mir aus, wie viele Reihen ich pro Tag stricken muss, um bis Weihnachten fertig zu werden, und schreibe auf meinen virtuellen Trainingsplan: *Keine Reihe zusätzlich!*

Katerchen schläft auf meinem Schreibtischsessel und schnarcht sachte. »Nemorino? Ich brauche meinen Stuhl, ich will arbeiten. Leg dich woanders hin!« Ich gebe ihm einen Stups. Er schnarcht ein bisschen lauter.

Stroh zu Gold

Endlich Advent. Meine liebste Jahreszeit. Wenn die Nächte lang sind und Kerzenlicht weiche Stimmung verbreitet. Wenn sich Stille in meiner Wohnung ausbreitet.

Im Sommer ist die Welt viel lauter. Kinder schreien im Nachbargarten, die auffrisierten Motoren testosteronge-steuerter Jungs heulen auf, Bremsen quietschen, Regen klatscht auf das Blechdach über den Fahrrädern, die Krähen in der hohen Tanne krächzen, der Amslerich auf meiner Wäschestange piepst, die Spatzen im Holunder tschilpen, das Turteltaubenpaar im Ahorn gurrt. Die Leute der WGs rundum diskutieren auf ihren Balkonen die Flüchtlingspolitik des Landes, Rasenmäher rattern, Mütter schimpfen ihre Hofkinder.

Ich mag den Winter lieber. Und Weihnachten sowieso. Mein Töchterchen auch. Ich werde ihr zum Nikolo ein Päckchen schicken. Ins ferne Schweden.

Was könnte sie mögen?

Mannerschnitten. Auf alle Fälle ein Viererpack Manner-schnitten. Das muss. Kaugummis. Ohne Kaugummis ist ein Tag auf der Uni nicht zu bewältigen. Und natürlich das Sockenpaar, das ich schon im September für sie gestrickt habe. Sie liebt selbst gestrickte Socken. Und gerade warm hat sie es ja nicht im winterlichen Schweden. Was noch? Ein Schokolade-Nikolo. Sonst ist es ja kein Nikolo-Päckchen. Obwohl. Schokonikoläuse mag sie eigentlich nicht. Egal. Auch das muss. Ein kleiner halt.

Passt alles perfekt in die Standardschachtel der Post. Zwei Blätter rotes Seidenpapier in die Lücken gestopft. Damit nichts verrutscht und damit es hübsch nach Nikolo aussieht, wenn sie den Deckel öffnet.

Die Adresse gelingt leserlich, mit schwarzem Filzstift geschrieben. Und ich komme auch mit dem automatisierten Aufgabetool bei der Post zurecht. Päckchen auf die Waage legen, den Anweisungen auf dem Monitor folgen. Alles gut.

Für einen Moment ist alles gut. Ich habe das Päckchen aufgegeben, kurz das Bild eines freudestrahlenden Kinds vor Augen, wenn sie – Überraschung! – Post von daheim bekommt. Hinaus auf die Straße.

Siedend heiß ein Gedanke: keine Karte! Ich habe keine Karte beigelegt. Nichts geschrieben. Kein Wort, keinen Gruß. Shit.

Und nichts ist mehr gut. So ein doofes Päckchen. Was daran soll sie freuen? Mannerschnitten! Wie unoriginell. Kaugummis. Als ob es in Schweden keine gäbe. Socken! Die Zeiten sind doch längst vorbei, als Mütter ihren frierenden, fernen Kindern Fußwärmer schickten. An die Kriegsfront damals, ja. Als Oma jung im Internat. Erster Weltkrieg. Kälte und Hunger. Und dann noch ein Schokonikolo, obwohl ich doch weiß, dass sie die nicht mag.

Traum

Im Wohnzimmer ein riesiger Christbaum. Über und über dekoriert. Das Zimmer dunkel und schwer. Unter dem Baum Weihnachtsgeschenke. Alle für mich. In glitzerndes Papier gepackt, mit hübschen Schleifen drumherum. Hunderte von Päckchen und Paketen. Ich nehme eines, das wie ein großes Bonbon aussieht. Streife die Schleifen ab, öffne das Papier. Abfall. Glitschiger, grausiger Abfall. Im nächsten Päckchen kaputte Spielzeugteile. Im dritten Scherben.

Diesen Traum muss ich meiner Therapeutin erzählen. Es ist ja auch in der Wirklichkeit so: Alles, was ich in die Hand nehme, wird zu Mist.

Wahrscheinlich wird es mir mit dem Weihnachtsgeschenk für meine Tochter auch so gehen. Obwohl ich mir große Mühe gebe. Das Strickwerk ist schwierig; dünnes Garn um viele Löcher herum. Eine einzige Unaufmerksamkeit, eine einzige Masche, die mir hinunterfällt, und ich muss alles wieder auftrennen.

Ich werde mir die Wohnung mit Gold dekorieren. Goldene Sternchen, goldene Kerzenhalter, goldene Kugeln und Goldstaub. Ich habe ja genügend Auswahl in der Schachtel mit der Weihnachtsdeko. Und für meinen Geschmack kann die Wohnung gar nicht lange genug weihnachtlich dekoriert sein. Nach den Feiertagen bricht gleich der Fasching herein – da ist die schöne Zeit vorbei.

Wo immer ich hinschaue, soll Gold sein. Immer, wenn ich von meinem Strickzeug aufschaue, möchte ich Gold sehen. Es soll mich an dieses Märchen erinnern, in dem die Königstochter Stroh zu Gold spinnt. Ich will auch Stroh zu Gold spinnen. Und nicht umgekehrt. Das, was meine Hände machen, soll gut werden und schön. Es soll sich in meinen Händen nicht zu Stroh verwandeln. Das Jäckchen soll meiner Tochter passen und gefallen. Und sie freuen.

»Wie werden Sie Weihnachten feiern?«, fragt mich die Therapeutin.

»Wie in den letzten Jahren. Meine Tochter wird aus Schweden kommen und wir werden das übliche Patchwork-Essen machen.«

»Patchwork-Essen?«

»Ja, am Heiligen Abend essen wir immer gemeinsam; sie,

unsere Nachbarn, ihr Papa mit seiner neuen Frau und mein Freund. Immer Fondue. Das ist wunderbar, jedes Jahr das Gleiche. Jeder weiß, was er machen muss, man muss nicht lange nachdenken.«

»Weihnachten ist für viele Leute schwierig. Auch wenn sie gesund sind. Weil es so emotional ist. Haben Sie keine Sorge?«

»Ich glaub, das schaff' ich schon. Schwierig ist eigentlich nur die Sache mit meinem Großen. Er schenkt mir immer so viel, das stresst mich. Meine Geschenke sind nichts im Vergleich zu seinen.«

»Das, was durch Ihre Hände geht, verliert an Wert.«

»Genau. Auch meine Projekte. Wenn ich etwas stricke zum Beispiel, wird es während des Strickens zum Nichts.«

»Das können Sie verlernen. Sie können lernen, das anders zu sehen. In der Therapie. Sie müssen sich von Ihrer Grandiosität verabschieden.«

»Grandiosität?!

»Ja, Sie möchten großartige Dinge tun. Was von Ihnen kommt, muss grandios sein. Sie werden lernen müssen, dass Mittelmaß genügt. Dass die Ansprüche, die Sie an sich stellen, kleiner werden müssen.«

Mittelmaß? Nein danke. Auch wenn sie wahrscheinlich recht hat. Immer alles perfekt machen wollen. Besser als die anderen. Da stehe ich mir schon oft selber im Weg. Mache mir das Leben schwer. Weil alles perfekt sein muss. Die Aussendung, die Zeitung. Und mein Gestricktes. Vielleicht sollte ich das Rückenteil doch nicht auftrennen. Den kleinen Fehler sieht sicher niemand. Nur ich.

Weihnachten

Was ich meiner Therapeutin gegenüber nicht erwähnt habe, ist die Bescherung. Es braucht ja auch Geschenke am Heiligen Abend, nicht nur ein Fondue. Zumindest für das Kind.

Vor ein paar Jahren haben wir angefangen, daraus eine kleine Zeremonie zu machen, meine Tochter, ihr Papa und ich. Eine Stunde vor dem Patchwork-Essen. Eine Stunde für die kleine Familie von früher.

Vater und Tochter singen gern, also wird gesungen, bevor es an die Päckchen geht. Und jeder liest etwas vor. Ein Gedicht, ein Gebet oder eine Geschichte. Das habe ich immer gern getan – eine Geschichte suchen. Meistens schon früh im Advent. Oft habe ich sogar extra ein Büchlein gekauft, aus dem ich vorlesen konnte. Aber dieses Jahr habe ich nichts. Habe es irgendwie vergessen, vor lauter Stroh-zu-Gold-spinnen. Da werde ich in die Trickkiste greifen müssen, um nicht den Weihnachtsfrieden zu gefährden, wenn ich mit leeren Händen dasitze.

Als meine Tochter klein war, hat sie mir einmal etwas erzählt, aus dem ich eine Geschichte gemacht habe. Nur für mich. Ich habe sie niemandem gezeigt, weil ich befürchtet habe, dass sie nichts taugt. Aber heuer riskiere ich es. Heuer bin ich mutig. Ich lese die Geschichte vor.

»Taugt ja eh was«, befinden Vater und Tochter und schlagen die Liederbücher auf. Singen können sie, die zwei. Er mit der Gitarre, sie mit ihrer hellen Stimme. »Es hat sich halt eröffnet«, »Wer klopfet an?« und natürlich »Stille Nacht, heilige Nacht«.

Danach der Moment der Wahrheit. Das Päckchen mit dem Strickwerk. Sie lässt sich Zeit mit dem Auspacken, sie ist keine, die das Papier gierig aufreißt. Vielleicht kann man es ja noch einmal verwenden. Und die Schleife auch. Ich sitze gespannt auf der Kante meiner blauen Couch.

»Wow«, sagt sie und schlüpft in das Jäckchen.

»Gefällt es dir?«

»Und wie! Da werden sie in Schweden aber schauen. Auf der Uni haben auch alle selbst gestrickte Pullover an. Die losen daneben voll ab. Du hast das ja selber gestrickt, oder?«

»Klar, schau. Ich habe sogar ein Etikett hineingenäht: ›handmade‹. Hat mir die Frau Wolleverkäuferin geschenkt.«

»Das ist ja voll cool. Du bist echt eine begnadete Strickerin.«

Sie hat das Jäckchen an diesem Abend nicht mehr ausgezogen. Und den kleinen Fehler am Rücken hat sie tatsächlich nicht bemerkt.

Ganz klar, unser Jahr!

Die Kraft ist zurück. Pünktlich zu Neujahr.

Ich bin nach einer unspektakulären Silvesternacht aufgewacht und habe keinen schwarzen Vogel auf meiner Brust sitzen. In den Frühstückskaffee tropfen keine Tränen. Und ich habe auf etwas Lust! Ich werde mich ins Auto setzen und in den Winter fahren. Auf der Autobahn Gas geben.

Ja! Es ist vorbei! Ich kann wieder!

140 Stundenkilometer, 150. Wie herrlich, diese Schnelligkeit. Nach den vielen, vielen Wochen der langsamen Gangart.

Ich bin wieder am Leben. Ich habe alles unter Kontrolle.

Am zugefrorenen See glitzert der Schnee und die Kufen unerschrockener Väter kratzen mit den Schlittschuhen ihrer Kinder um die Wette.

Fast bin ich glücklich. Für ein paar Momente, in denen mir die Wintersonne die Hände wärmt. Jetzt wird alles gut. Lange bleiben die Sonnenstrahlen nicht. Ich vergrabe meine Hände in den Taschen der Daunenjacke und gehe zum Auto zurück. Ein flaues Gefühl begleitet mich. Auf dem Nachhauseweg fahre ich den vorgeschriebenen Hunderter.

Und warum jetzt dieses flaue Gefühl? Kann ich mich nicht einfach freuen, dass ich etwas getan habe, wozu ich Lust hatte? Dass ich überhaupt wieder einmal auf etwas Lust hatte? Und dass es gelungen ist. So weit bin ich schon lange nicht mehr mit dem Auto gefahren. Immer nur die kurze Strecke in meinen Wald hinauf, meinen therapeutischen Spaziergang machen. Nein, ich kann mich nicht freuen. Ich lege mich besser wieder auf die Couch. Und denke ein bisschen nach.

Wenn es mir jetzt besser geht, heißt das: wieder arbeiten gehen. Muss ja nicht gleich morgen sein. Was tue ich dann im Büro? Wo brauchen sie mich? Brauchen sie mich überhaupt noch? Ich war jetzt fünf Monate weg. Die Geschäftsführung macht der Kollege, die Pressearbeit ist bei der jungen Kollegin in guten Händen. Funktioniert wahrscheinlich bestens. Bleiben noch die Kampagnen und die Veranstaltungen.

Kurz nach den Feiertagen ein Anruf.

»Frau Abgeordnete! Dass du dich meldest ...«

»Ich hab dich lang genug in Ruhe gelassen. Jetzt musst du es aushalten. Wie geht's dir denn?«

»Gut. Seit Neujahr hab ich wieder Kraft. Und dir?«

»Der Herbst war schlimm, ich habe mich von meinem Mann getrennt, aber jetzt starte ich wieder durch. Und ich vermisse dich als Pressereferentin. Ich möchte, dass du als Pressechefin zurückkommst. Wie lang, glaubst du, brauchst noch?«

»Nicht mehr lange, denke ich. Aber sag, wer macht im Moment die Pressearbeit für den Klub?«

»Niemand, eigentlich. Und vor allem ... du hast so ein gutes Gespür für Geschichten und – weißt ja – ich mag deinen Stil.«

»Hm ... Aber wie sehen das die anderen im Klub? Täten die das auch wollen?«

»Ich werde das sondieren.«

»Okay. Und ich rede mit meinem Arzt. Was er meint, wann ich wieder anfangen kann.«

»Mach das. Ich sag dir, meine Liebe, dieses Jahr wird unser Jahr.«

»*Unser* Jahr, genau, liebe Frau Abgeordnete.«

»Ich melde mich.«

Arzt und Therapeutin haben keine Einwände. Ich solle nur langsam anfangen und den Welpenschutz genießen. Welpenschutz? Ja, man werde mich am Anfang nicht gleich überfordern, man werde mir ein bisschen Zeit geben.

Kein Wort davon, den Schritt in die beklemmende Freiheit der Gesundheit noch ein wenig aufzuschieben.

Traum

Im alten, grindigen Ander-Oma-Haus. Ekelig, ungepflegt, düster. Fliegen überall, tot und lebend. Das kleine Mädchen geht. Auf den Berg. Im rosa Kleidchen und in Sandalen. Der Weg vom Haus weg besteht aus großen Felsbrocken. Das kleine Mädchen geht unbeirrt und sicher. Fröhlich. |

So fröhlich wie das Mädchen im Traum gehe ich nicht auf das zu, was da vor mir liegt. Obwohl die Option eine wirklich gute ist.

Nur mehr Öffentlichkeitsarbeit. Zurück zu meinen beruflichen Wurzeln. Keinen Geschäftsführungsgack mehr. Keine Debatten mit angepissten Funktionären. Keine Parteivorstandssitzungen, keine nächtlichen Heimfahrten nach bleiernen Bezirksgeschäftsführersitzungen. Nur mehr Pressearbeit. Aussendungen schreiben, Pressekonferenzen vorbereiten, mit Journalistinnen und Journalisten reden, bei den Landtagssitzungen zuhören, an den Klubsitzungen teilnehmen, beurteilen, ob ein Thema eine Geschichte sein könnte, und überlegen, was es im Fall bräuchte, um sie gut rüberzubringen, Fotos machen, Artikel für die Mitgliederzeitung schreiben und schreiben lassen, Homepage füttern. Alles Dinge, die ich mag. Na ja, alle nicht. Die Klubsitzungen bräuchte ich nicht unbedingt und die Gespräche mit den

Journis stressen mich immer ein bisschen. Aber im Vergleich zu vorher …!

Trotzdem. Ich habe Angst. Der Job ist Stress. Tausend Dinge gleichzeitig. Die schlimmen Schlagzeilen auf nüchternen Magen. Die aufgeregten Anrufe am frühen Morgen. »Hast du *das* gelesen?! Da *müssen* wir was sagen.« Die Missbilligung, wenn eine Aussendung nicht abgedruckt wird. Das Zittern, welche Journalisten zur Pressekonferenz kommen. Ob überhaupt jemand kommt. »Hast du nachgerufen?« – »Ja, aber fixe Zusagen gibt es keine.« Immer wieder dasselbe erklären: dass Presseaussendungen am Vormittag rausmüsssen, am besten vor elf, um die Mittagsnachrichten zu erreichen. Dass es *eine* Botschaft braucht, keinen Roman. Die Sorge, dass sie bei Pressekonferenzen Blödsinn reden. Sich durch unbedachte Äußerungen die eigene Geschichte abstechen. Die erzürnten Journis, wenn Abgeordnete für Nachfragen nicht erreichbar sind. Die diplomatischen Gespräche, wenn sich mehrere Leute auf ein Thema setzen wollen. Den Medien eine Story schmackhaft machen. Sich Bilder ausdenken, die man fotografieren oder filmen kann. Knackige O-Töne finden. Medienbeobachtung auch am Wochenende. Bereit sein für allfällige Aussendungswünsche.

Und dann noch die alte Frage: Was tue ich in meiner Freizeit? Viel habe ich mir da in den vergangenen Monaten nicht aufgebaut. Nichts, genau genommen.

Ach, kleines Traum-Mädchen, ich brauche dich. Deine freudige Unbekümmertheit. Deine Fähigkeit, mit Sandalen auf spitzen Steinen zu marschieren. Leicht und sicher.

Langsam, langsam

Mitte Jänner ein SMS: »Die Türen stehen weit offen für dich. Liebe Grüße aus dem Klub.«

Die rollen mir den roten Teppich aus!

Im Gespräch mit Kollege Geschäftsführung keine Rede mehr von Veranstaltungsorganisation und Kampagnenleitung. Ausschließlich Pressearbeit für Klub und Partei.

»Aber die Social Media soll die junge Schriftgelehrte machen, die kann das besser als ich.«

»Klar, kein Problem.«

»Und sag, bist du ins Chefbüro übersiedelt?«

»Nein, ich bin gern in meinem Kabäuschen. Da hab ich die Bagage im Auge.« Augenzwinkern.

»Heißt das, ich könnte in meinem Zimmer bleiben?«

»Sowieso.«

»Das wär super. Dann kann ich ab und zu die Tür zumachen, wenn es mir zu viel wird.«

»Klar.«

Wenn das keine guten Bedingungen sind!

Traum

Ein rauer Holzboden ist zu kehren. Sisyphos. Die Steinchen und Staubwolken verhängen sich in den Klussen und Schiefern der Bretter. Der grobe Besen richtet kaum etwas aus.

Also wieder einrücken. Mein Büro so, wie ich es im August verlassen habe. Sauber geputzt, die Blumen versorgt. »Langsam anfangen; ganz, ganz langsam anfangen«, hat die Therapeutin zu mir gesagt. »In der ersten Woche nur schauen und orientieren.«

Also fange ich ganz langsam an. Mit einem Mail an alle Journalisten und Journalistinnen, mit denen ich viel zu tun habe: Bin wieder da. Würde dich gerne treffen. Die Antworten kommen prompt, und so sitze ich am nächsten Tag dreimal im Kaffeehaus, um mich medientechnisch auf den neuesten Stand zu bringen. Gleich am ersten Nachmittag kommt Kollege Altgedient und fragt, ob ich fallweise auch die Stadtorganisation medial betreuen könnte. Aber klar doch. Alles, was mit Schreiben zu tun hat, mach ich doch gern. Also auch diese Journalisten kontaktiert. Mit der EU-Spitzenkandidatin zusammengesessen und Mittwochfrüh in die Landtagssitzung. Küsschen hier, Küsschen da, schön, dass du wieder da bist. Gut schaust aus, schlank bist worden. Geht's dir gut? Treff ma uns amal? Mittagessen mit den Abgeordneten.

Am Abend stürzen die Tränen aus meinen Augen. Ich sitze auf meiner blauen Couch im Wohnzimmer und heule. Wie im Herbst. Als es dunkelschwarz in mir gewesen ist. Gerade so, als ob der Kaunertaler Speicher gebrochen wäre. Kann nicht aufhören. Heule eine Badewanne voll.

Trotzdem gehe ich am nächsten Tag ins Büro und am übernächsten auch. Lese mich in die Bundespapiere zur EU-Wahl ein und begleite unsere Spitzenkandidatin zu ihren Betriebsbesuchen. Ich tue alles, was zu tun ist. Und heule jeden Abend.

Traum

Der Parkettboden ist kaputt. An einer Stelle gibt er überhaupt nach. Das stellt sich als Aufziehtür heraus. Darunter Stauraum. Da sind Pölster und Stuhlauflagen drin. Und ein Kätzchen. Chiara. Die lang verschwundene. Totgeglaubte. Sitzt da, klein, geschrumpft, abgemagert, schwarze Ränder um die Augen. »Mensch, Chiara, wie hast du denn so lange überlebt?« Ich hebe sie heraus. Sie braucht Flüssigkeit. Und etwas zu essen. Ein paar kleine Dosen müsste ich noch haben. Ich drücke sie an mein Herz, die kleine, weiche Katze, und gehe zu Mama. »Mama, schau, wen ich gefunden habe!«

»Aha. Die ist ja immer noch so fett.«

Der schwarze Vogel treibt sein Unwesen. Das Herz klopft laut und unregelmäßig. Darf man schlapp machen nach zwei Wochen Arbeit und sechs Monaten Krankenstand? Für einen halben Tag? Oder einen ganzen?

90 Euro für 50 Minuten Egopflege. 50 Minuten, in denen es um mich geht. Ausschließlich um mich. Um die kleine, verhungerte Katze zu füttern. Ihr Mut zu machen, dass sie leben darf. Sie zu streicheln und zu füttern. Ihr einen warmen, weichen Platz zu richten.

Traum

Neue Wohnung. In der Altstadt, viele Stufen, aus rostendem Metallgitter. Ich gehe mit einer Freundin hinein, zeige ihr die Wohnung. Sie bringt es auf den Punkt: Die Wohnung ist schrecklich. Die Räume nieder, zu wenig Platz, schlechte Bauqualität. Da scheitert auch der Versuch, sie schönzureden mit »die Wohnung hat eine gute Atmosphäre«. Das ist Mist, wir wissen es beide und es bleibt die Erkenntnis: Ich hätte meine alte Wohnung nicht aufgeben sollen.

Da sind wir wieder. In der falschen Wohnung. »Wär ich doch bei mir geblieben.« Es geschieht so leicht. Eine Geschichte da, eine Presseaussendung dort, und schon ist es zu viel. Alles, was ich nicht tun sollte: mich bemühen, mir selber Arbeit verschaffen (noch dazu für den Samstag! Wie doof ist das denn?!), Fleißaufgaben machen, gefallen wollen, beweisen wollen, dass ich die Gute bin, der Profi.

Personalrochade

An einem Sonntagvormittag Anfang März ein Anruf der Tageszeitung.

»Stimmt es, dass deine Chefin bei der Vorstandssitzung morgen ihren Rücktritt anbieten wird?«

»Wie kommst du darauf?«

»Das pfeifen die Spatzen von den Dächern.«

»Was im Parteivorstand besprochen wird, weiß ich nicht. Ich bin ja nur mehr Pressereferentin.«

»Ach, komm, tu nicht so. Ist doch lächerlich, zu behaupten, du wüsstest so etwas nicht.«

»Und du weißt, dass ich dir keine Informationen geben kann. Hast du sie selber gefragt?«

»Sie geht mir nicht ans Telefon. Und dein Geschäftsführer hält auch dicht.«

»Klar.«

»Mein Gott, ihr seid's mir eine Bagage ...«

»Schau, so viel kann ich dir sagen: Es wird morgen Abend eine PK geben. Die Einladung kommt morgen Vormittag.«

Gleiches Recht für alle, keine Extrawurst für das Großformat.

Oh mein Gott, was da morgen wohl in der Zeitung stehen wird? Wie viel weiß sie? Wie viel muss sie spekulieren?

In der Tagesordnung der Vorstandssitzung weist nichts auf eine Personalrochade hin. Aber klar weiß ich, dass es die Chefin lassen wird. Ihre Zeit ist vorbei, sagt sie. Das enttäuschende Abschneiden bei der Landtagwahl. Es braucht wen Neuen. Jemanden Unverbrauchten. Der die Partei erneuern kann. Sie hat alles vorbereitet, mit den Meinungsmachern im Vorstand gesprochen. Ihr Kandidat ist beliebt. Es wird alles glattgehen.

Trotzdem. So heimatlos wie in diesem Traum von der grindigen Wohnung. Das zehrt. Drückt dich in die Couch.

Ja, verdammt, ich bin erschöpft. Und ja, ich hätte gern ein paar Tage frei. Und nein, ich habe es nicht gern, dass es mir schlecht geht. Nein, ich will kein Mitleid provozieren. Ich will Liebe, ja. Zuwendung. Verstanden werden. Streicheleinheiten. Nein, ich zerfließe nicht in Selbstmitleid. Ja, es wird mir zu viel, all die Aufgaben.

Irgendwie hab ich's satt. Das Geheule. Das Blei. Die Erschöpfung.

Trotzdem. Wäsche waschen, Suppe kochen, Essen servieren. Man will sich ja nichts nachsagen lassen. Will tapfer sein. Ein halbes Temesta-Pillchen zur Beruhigung. Hilft nix. Das Darnieder-Gefühl bleibt.

Trotzdem. Morgen wieder Schutzanzug an, Maske auf. Tag überstehen. Die Medien einladen. Am Abend die Pressekonferenz moderieren.

Das Nutztier schwächelt

Diesen Samstag geht es um die EU-Wahl. Die Kandidatinnen werden einen Tag lang rhetorisch geschult.

Ich habe angefragt, ob ich auch teilnehmen darf.

Warum tu ich das? Warum an einem Samstag freiwillig ins Büro? Wo doch das Blei, die Erschöpfung.

Weil mich Rhetorik interessiert? Weil ich dem Neuen beweisen muss, dass ich engagiert bin? Weil es mir in der Pressearbeit hilft, wenn ich die Mädels kenne? Wenn ich weiß, was sie über die EU wissen?

Ja, so ticke ich. Ich muss meine Pappenheimer kennen, um ihnen die richtigen Worte in den Mund legen zu können. Das ist mein Credo. Ich versuche immer, meinen Politikerinnen und Politikern zu dienen. Sie dabei zu unterstützen, für ihre Botschaften aussagekräftige Worte und die passenden Bilder zu finden. Ihnen etwas aufzuoktroyieren ist nicht meins. Auch wenn PR-Profis das für richtig halten. Ich finde nicht, dass es die Aufgabe einer Presseabteilung ist, politische Inhalte vorzugeben. Das müssen die gewählten Abgeordneten und Funktionäre machen.

Okay, Schutzanzug aussuchen. Etwas, worin ich mich wohlfühle.

Der Minirock aus hellgrauem Wollstoff. Dazu schwarze Tights und die neuen Paul-Greens mit den breiten, hohen Stöckeln. Das liebe ich an Paul Green! Edelstes Material und Schönheit gepaart mit bequemer Passform. Meine Beine sind immer noch sehr herzeigbar – vorausgesetzt, sie sind blickdicht verpackt.

Ja, sieht gut aus. Der Spiegel ist mit mir zufrieden.

Der Spiegel, vor dem sich Mamas Kundinnen gedreht und gewendet haben, wenn sie ihre neuen Röcke oder Kleider anprobierten. Hier war eine Falte wegzuzaubern, der Saum sollte einen halben Zentimeter hinauf, der Ausschnitt ein bisschen mehr Tiefe haben. Oft und oft bin ich als kleines Mädchen daneben gehockt und habe zugesehen, wie Mama eine der Stecknadeln zwischen ihren Lippen herauszupfte und die gewünschte Form absteckte. Auch wenn Kundinnen das erste Mal kamen, mit einer Idee im Kopf, wie das zu schneidernde Gewand aussehen sollte, bin ich mit am Tisch gesessen. Während die Kundin sprach, machte Mama Skizzen mit Bleistift. Ich war jedes Mal wieder fasziniert, wie Mama die Modelle mit ein paar Strichen sichtbar machte. Mindestens so gut wie in den Burda-Heften.

So bin ich aufgewachsen. Zwischen Stecknadeln und Fadenresten, Stoffbahnen und Nähseidenspulen, Nähmaschinen und Bügeleisen. Am meisten hatte es mir die schwere Schneiderschere angetan, mit der Mama die Stoffe zuschnitt und die sie dazwischen immer wieder einmal in ihren Haaren abwischte. Das sei gut für die Schneide, meinte sie. Und ja kein Papier mit einer Stoffschere schneiden! Das ruiniere die Qualität. Als ich noch kleiner war, habe ich gern mit den Knöpfen gespielt. Die wohnten bunt und in verschiedensten Größen in einer viereckigen Metalldose, und ich mochte das Geräusch, wenn die Knöpfe aus dem Blech auf den Tisch kullerten.

»Werd' nie Schneiderin«, hat meine Mutter später gesagt. »Immer den anderen dienen, vor ihnen auf den Knien rutschen, um den Saum abzustecken. Nie sind sie zufrieden, die reichen Damen, keppeln herum.« Auf die Idee, Schneiderin zu werden, wäre ich aber sowieso nicht gekommen. Schneidern war etwas, das nur meine Mutter konnte. Ich selbst habe immer zwei linke Hände gehabt. Was immer ich angefasst habe, ist misslungen. Meine ersten Gorgonzola-Nudeln zum Beispiel. Die Sauce klumpig, die Nudeln versalzen. Oder das Tuch, das ich Mama einmal zu Weihnachten gebatikt habe. »Das stinkt ja!«, hat sie gesagt.

Während also meine Mutter Hochzeitsroben und Taufkleidchen zauberte, konnte ich nur eines tun: lesen. Ich habe schon früh verstanden, dass ich meine Finger besser von Stoffen, Scheren, Nadeln, Garnen, Wolle und Kochlöffeln ließ. Was die damit machten, endete im Mülleimer.

Ich habe mich auf die Schulaufgaben konzentriert. Die waren ein Spaziergang. Lesen, schreiben, rechnen. Schon in der Volksschule habe ich Papier und Bleistift geliebt, karierte und linierte Blätter, später den Fluss der Tinte aus der Füllfeder. Im Gymnasium habe ich gern mit Zirkel und Rechenschieber hantiert, habe mit vierzehn Jahren Camus und Dostojewski gelesen und bin nicht mehr mit Mama bei den Modellbesprechungen gesessen. Ich habe das getan, was ich konnte: mit dem Kopf arbeiten.

Ja, ich bin mit meinem Spiegelbild zufrieden. Die zehn Kilo, die mich der Infekt gekostet hat, vermisse ich gar nicht. Der Rock sitzt jetzt wieder perfekt, das schwarze Viskose-Shirt auch. Die Friseurin hat mir die Haare bürotauglich geschnitten und mich zu ein paar cognacfarbenen Strähnchen überredet. Jetzt haben meine Haare die Farben einer Glückskatze: schwarz, grau und rötlich braun. Ein dezenter Lippenstift, dazu den silbernen Ring und die passenden Ohrstecker.

Ja, mein Äußeres passt. Wenigstens das. Wenn schon das Innenleben schwächelt. Als ich mir den Frühstückskaffee eingeschenkt habe, musste ich mich plötzlich am Tisch festhalten. Nicht, dass mir schwindlig gewesen wäre – einfach nur schwach. Von innen heraus. Doch das wird vorübergehen. Bestimmt. Der Schutzanzug wird wirken, wenn ich jetzt dann im Seminar sitze.

Ich ziehe die Wohnungstür hinter mir zu und muss mich an der Klinke festhalten. Augen schließen, auf den Boden konzentrieren. Atmen. Meine Füße stehen fest auf dem Boden. Ganz sicher. Geht schon wieder. Die Tür absperren, gehen.

Das Seminar findet im Medienraum des Parteihauses statt. Ich muss früh genug dort sein, um dem Referenten aufzusperren und die technischen Geräte herzurichten. Wahrscheinlich wird er nur Kamera und Beamer brauchen. Ach ja, und die Unterschriftenliste. Das Formular muss ich noch ausdrucken. Nichts zu tun, eigentlich.

Als Erstes in mein Büro, den Computer hochfahren, dann die Kaffeemaschine mit frischem Wasser füllen und einschalten. Mit Espresso und Teilnehmerliste in Händen kurz vor neun die Stufen in den vierten Stock hinauf (immer zu Fuß gehen, nie den Lift nehmen! »Therapie«, wie Oma gesagt hätte). Ich treffe im Stiegenhaus auf den Referenten. Auch die anderen sind pünktlich.

Zunächst eine kurze Vorstellungsrunde, dann ein bisschen Theorie, ein paar Folien auf die Leinwand projiziert. Dann die ersten praktischen Übungen. Ob ich mitmachen will? Ja, warum nicht. Interessante Erfahrung, mal selber vor einer Kamera sprechen. Eine fünfminütige Rede sollen wir vorbereiten: Was gibt mir die EU? Möglichst persönlich, auch emotional. Eine Viertelstunde Vorbereitungszeit.

Ich gehe in mein Büro, da kann ich eine rauchen, während ich mir Gedanken und Notizen mache. Geht super. Zehn Minuten später bin ich wieder oben, wo die Kamera steht. Ich habe ein Geschirrtuch mit, das werde ich als Aufhänger für meine kleine Rede verwenden. Meine Tochter hat es mir zu Weihnachten aus Göteborg mitgebracht, hübsches schwedisches Design, mit der Aufschrift »God Yul«. Damit kann ich den Bezug zu ihrem Erasmus-Semester herstellen und erzählen, wie gut es ihr gefällt, dass die Europäische Union solche Aufenthalte mit Stipendien fördert und möglich macht. Ich selber wäre finanziell nicht in der Lage gewesen, meiner Tochter dieses Semester zu finanzieren.

Was mir auch gut gefällt: wie erreichbar die europäischen Länder für diese Generation geworden sind. Kein Zittern mehr vor chronisch schlecht gelaunten, weil in den Norden versetzten, neapolitanischen Zöllnern am Brenner, kein »Habe ich wohl genügend Lire/Francs/Kronen/Mark eingetauscht?«. Stattdessen Projektwoche in Galizien mit Gleichaltrigen aus Holland, Polen, Norwegen, Italien, Kroatien und Bayern.

Ich stelle mich als Letzte vor die Kamera, erkläre, dass »God Yul« auf Deutsch »Frohe Weihnachten« bedeutet und »gud jül« auszusprechen ist, und bin schon drinnen in meinem Vortrag. Ich erzähle, fühle mich sicher und komme auch gut an. Applaus.

Aber jetzt ist es mit der Sicherheit vorbei. Der Boden kippt. Ich muss mich am Tisch festhalten. Jetzt, wo ich sitze. Hoffentlich sieht es niemand. Die Füße unter der Tischplatte breit aufstellen, atmen. Mir nichts anmerken lassen.

Pause. Gott sei Dank. Da bin ich wieder beschäftigt. Kaffee servieren, Aschenbecher holen, Zuckernachschub besorgen, die Nussschnecken in handliche Teile schneiden. Servietten dazu. Geht eh.

Ich setze mich aufs Fensterbrett und zünde mir eine Zigarette an.

Mein Gott, ich verstehe plötzlich nichts mehr. Wovon reden die? Sie sind so weit weg. Und wie ich zittere. Und schwitze.

Irgendjemand scheint mich etwas zu fragen. »Wie bitte? Was hast du gesagt? Kannst du es wiederholen?« Habe ich das jetzt gesagt oder mir nur gedacht?

Jetzt ist es aber genug. Ich kann nicht mehr. Ich schaffe das nicht.

Mein Körper hält noch bis Seminarende durch, niemandem fällt etwas auf. Ich verräume die Kamera, verabschiede die Leute und sperre zu. Auf einer Bank hinter dem Parteihaus schreibe ich ein SMS an meinen Psychiater: »Brauche ein paar Tage Pause. Bitte schreiben Sie mich krank.« Die Antwort kommt umgehend. »Kein Problem. Wie sehen uns am Dienstag. Alles Gute.«

Ich habe Angst. Angst, für meine Krankheit, meine Zustände, mein Verhalten gehasst zu werden. Im Büro, vom Mann, vom Kind. Weil unverständlich, nicht nachvollziehbar. Der Lack glänzt ja so hübsch. Und der Motor surrt ja so klaglos. Dass die Bremsen nicht funktionieren, sieht keiner.

Eine Frage der Chemie

Jetzt also wieder Krankenstand. Gerade einmal fünf Wochen geschafft.

Feuer aus. Ofen kühlt ab. Energie auf null. Freude, Antrieb ebenso. Ausgebrannt vom Tapfer-Sein. Alles für den Job. Die Schminke, die Kleidung, das Strahlen. Alles fürs Büro. Privat kein Biss. Puzzeln, rauchen, sitzen, Tisch anstarren. Mit den Fingern die Maserung erkunden. Wieder und wieder. Bleierne Leere. Keine Lust auf nichts. Ofen aus. Davor habe ich mich gefürchtet. Das habe ich befürchtet.

Ein rosarotes Tablettchen mehr. Weil: alles eine Frage der Chemie. Das ganze Jammern und Weinen, Wehklagen und Auf-den-Tisch-Starren. Alles nur eine Frage der Chemie. Nicht leiden, sondern der Pharmakologie vertrauen.

Die neue Tablette hat wie eine Bombe eingeschlagen. Mir ist alles so was von wurscht.

Frühstück mit Kaffee, Kerze und Weißbrot. Gleich danach rauchen. Unbrav sein. Untapfer. Unvernünftig. Ich weiß, ich sollte mir Gutes tun. Da gehört Rauchen nicht dazu. Ich lasse mich gehen. Will mich gehen lassen. Mich der Erschöpfung hingeben.

Traum

Die Besprechung ist zu Ende, die anderen sind weg, ich klaube meine Sachen zusammen. Bin erschöpft. Schaffe es nicht, die wenigen Sachen ordentlich zusammenzutun. Da fällt etwas raus und dort. Ich lasse alles liegen, meine Kraft reicht nicht. Ich will nach Hause. Schaffe nichts mehr.

Dr. Psychiater brachte den Virenvergleich. Ein Virus fängst du dir irgendwann ein, merkst es oft gar nicht. Aber wenn du schlecht drauf bist, wenn die Umstände hart sind, dann entfaltet es seine Wirkung. Du bekommst einen leichten Schnupfen, eine handfeste Verkühlung oder eine tödliche Grippe. Mein Lebensvirus heißt Depression, und wer weiß, wann ich es mir eingefangen habe. Weiß niemand und ist auch egal.

Mein neuer Chef ruft an, fragt, wie es mir geht. Ich breche in Tränen aus. Da fragt einer, wie es mir geht!

Es ist schön, derart hemmungslos nichts zu müssen. Nicht einmal die Wohnung verlassen. Nur Höhlenbewohnerin sein. Ein bisschen viel nichts tun. Das Handy ausgeschaltet lassen. Keine Menschenseele sehen. Nur mit mir sein. Mit mir fein sein.

Traum

Mein Baby ist schwer krank. Es liegt in der Klinik. In der Nacht spielt eine Maschine verrückt und filetiert das kleine Wesen. Es ist tot. Ich schaue es an, es beginnt sich zu bewegen. Ich erwarte, einen Zombie zu sehen. Aber nein. Ein hübsches Köpfchen mit hellroten Haarbüscheln, runde, neugierige Augen, ein warmes, ganz unzerschnittenes Körperchen. Nur die Beine fehlen. Ich drücke es an meine Brust, gehe ein paar Schritte durch das Krankenzimmer. Das Baby wird blass, lässt den Kopf hängen, spuckt Schwarzes. Ich finde kein Tuch, um das Erbrochene wegzuwischen, keine Schwester, die hilft. Mein Baby spuckt wieder, bräuchte auch eine frische Windel. Ich kann das nicht, ich habe ja keine Ahnung.

Wenn mir nur jemand zeigen könnte, wie man mit einem Baby umgeht! Da spricht das Baby mit mir. Munter, stark und ohne jedes Selbstmitleid. Und sagt mir, was zu tun ist.

Im Beipackzettel des neuen Mittels wird auf zwei häufige Nebenwirkungen hingewiesen: vermehrte Traumtätigkeit und gesteigerter Appetit. Das mit den Träumen ist nett, die nächtliche Kreativwerkstatt hoch produktiv.

Traum

Der Zug fährt in Bad Gastein ein. Draußen die Gleise zum Bergwerk. Ein blondes Pony steht traurig auf den Schienen. Kopf hängt. Macht keinen Rührer. Steht da und wartet, bis es wieder ins Bergwerk muss. Die nächste Fuhre herausziehen.

»Gesteigerter Appetit« ist ein Hilfsausdruck. Ich kann überhaupt nicht mehr aufhören zu essen. Vor allem abends. Stopfe alles in mich hinein, was die Küche hergibt. Nüsse, Käse, Schokolade. Je süßer, rund und weich, desto lieber. Germknödel, Marillenknödel, Mohnnudeln. Ist ja auch praktisch – hat mir Iglo gekocht.

Traum

Ein schmaler Pfad, viele Menschen. Einer zieht ein Gefährt, auf dem nur ein Kopf liegt. Ein Kopf mit einem Stück Wirbelsäule. Den Rest erledigen Maschinen.

Was machen wir denn heute Schönes?

Meine Therapeutin hat mich gefragt, was ich im Krankenstand Schönes tue.

Völlig ratlos, was »Schöne Dinge tun« sein könnte. Alles, was ich anfange, wird zur Pflicht. Sogar so etwas Unsinniges wie Puzzeln.

»Nun ja … da bin ich ziemlich ratlos. Und vor ein paar Tagen ist mir eine kleine Geschichte passiert, die mich auch nicht gerade motiviert hat. Ich habe in einer Auslage Kompottschüsselchen gesehen, die mir gefallen haben. Ganz einfache Schüsselchen, aus blauem Glas, total billig, im Abverkauf. Die gönne ich mir, habe ich mir gedacht. Die Verkäuferin hat sie mir gut eingepackt, aber wie ich nach Hause gekommen bin, sind sie mir hinuntergefallen. Auf den Steinboden im Stiegenhaus. Alle waren kaputt, bis auf eines. Ich hab so weinen müssen. Da gönne ich mir einmal etwas und dann mach ich's mir selber kaputt.«

»Das kann ich nachvollziehen, dass Sie das traurig macht. Was haben Sie dann getan?«

»Na, die Scherben zusammengekehrt und in den Müll geworfen.«

»Haben Sie nicht versucht, sich die Schüsselchen nachzukaufen?«

»Nein, auf diese Idee bin ich gar nicht gekommen. Ich weiß auch gar nicht, ob es noch welche gibt.«

»Das können Sie überprüfen. Bleiben Sie nicht in Ihrer Traurigkeit hängen. Gehen Sie in das Geschäft und fragen Sie. Geben Sie nicht gleich auf, wenn Ihnen etwas misslingt.«

Das habe ich gemacht. Es gab die Schüsselchen tatsächlich noch. Ich habe noch einmal sechs Stück gekauft und sie wohlbehalten bis in den Geschirrschrank gebracht. Das siebente habe ich auf den Kühlschrank gestellt. Es soll mich daran erinnern, dass ich etwas üben möchte: nicht aufgeben, wenn es um meine Freude geht.

Und darüber hinaus? *Schöne Dinge tun.* Meine blauen Schüsselchen anschauen ist keine Ganztagesbeschäftigung. Und Puzzlesteine zusammensuchen ist ja ganz nett, aber vollkommen sinnlos. Allmählich wird es schon Zeit, dass ich wieder etwas Sinnvolles tue.

»Was heißt für Sie ›sinnvoll‹?«, fragt sie mich beim nächsten Mal.

»Nun ja, ich weiß nicht so recht ... Ich habe mich das neulich gefragt, als ich ein Porträt von diesem Tenor im Fernsehen gesehen habe. Der jetzt grad so in ist. Ich habe den Eindruck bekommen, dass er sehr gescheit ist. Wie er so redet, über die Musik und seine Projekte ... Da habe ich mich gefragt: Wie kann ein so kluger Mensch so etwas Doofes machen wie Opern singen.«

»Und, was glauben Sie? Abgesehen davon, dass ich mich frage, was an Opern-Singen ›doof‹ sein soll. Und das aus Ihrem Mund!«

»Die Handlungen der meisten Opern, die ich kenne, sind haarsträubend. Nur die Musik ist oft toll. Und damit das gut rüberkommt, müssen sich die Sänger und die Soprane total ins Zeug hauen. Das ist extrem anstrengend. Wie ein Hochleistungssport. Und das tun die freiwillig. Warum? Warum tut man sich so etwas an?!

»Vielleicht, weil sie es gern tun?!«

»Gern ... Geht das? Etwas ein ganzes Leben lang gern tun?«

»Also ich bin schon seit 40 Jahren Therapeutin und ich mache meinen Job immer noch gern.«

»Hm ...«

»Fragen Sie sich doch selbst einmal, wie es Ihnen ginge, wenn Sie etwas gern tun. Möglicherweise finden Sie dann die Antwort auf die Frage, welche Aktivitäten ›sinnvoll‹ wären.«

Was machen wir denn heute Schönes?

Das Pony steht neben dem Gleis und ist ratlos. Wohin, wenn nicht geradeaus?

Die anderen Ponys zupfen Gras. Gehen hierhin und dorthin. Stupsen sich gegenseitig mit ihren Nasen. Laufen. Springen. Das Pony steht allein. Schaut. Schüttelt die Mähne. Dreht sich um, zu den anderen. Senkt den Kopf. Geht. Geradeaus. Bis zum Ende der Koppel. Immer geradeaus.

Schmerz, lass nach!

Ich brauche eine neue Musik. Kann die Songs von Leonard Cohen schon auswendig. Jetzt muss was anderes her. Mal was ganz anderes. Stöbere meine CDs durch. Holla, da hat's ja eine Oper!

Die ersten Takte des »Trovatore« fetzen mich fast von der Couch. Wie Schläge auf meinen Körper. Mag ich das wirklich haben? Zu faul zum Aufstehen, zu faul zum Ausschalten. Der Zigeunerchor, der Amboss. Die Schläge gehen direttissima in meinen Körper. Ohne Umweg über den Kopf. Da gibt es einen Bauch, Beine, Brustkorb. Und überall reagiert es. Ich spüre etwas, ich *spüre* etwas. Ich spüre meinen *Körper*!

Nachdem ich meinen Körper entdeckt habe, sorgt er dafür, dass ich ihn nicht wieder vergesse. Er entwickelt Schmerzen und jede Menge anderer Blödheiten. Die Schilddrüse mag plötzlich nicht mehr und der Blutdruck geht durch die Decke.

»220 zu 98 – ist das Ihr Ernst? Sie sind ja quasi schon tot«, stellt der praktische Arzt fest, den ich zu meinem neuen Hausarzt erkoren habe. Nicht zuletzt wegen seines makabren Humors. »Da messen wir in zehn Minuten noch einmal.« Aber auch die zweite Messung bringt kein wirklich beruhigenderes Ergebnis. 210 zu 94. »Ich bin es ja gewöhnt, dass Patientinnen in meiner Gegenwart aufgeregt sind, aber das können wir nicht einfach stehen lassen. Kaufen Sie sich ein Blutdruck-Messgerät und messen Sie eine Woche lang dreimal pro Tag. Von einem singulären Ereignis kann ich keine Medikation ableiten.«

Und die Gliederschmerzen. Wie Grippe, nur ohne Fieber. »Psychogen«, sagt der Psychiater, »keine Ahnung«, sagt der Hausarzt. »Es ist bekannt, dass Personen mit Depressionen zu unerklärlichen Schmerzen neigen. Und zu Infekten. Die genauen Zusammenhänge sind noch nicht erforscht, das sind nur Beobachtungen aus der Praxis. Es bleibt Ihnen im Moment nichts anderes übrig, als damit zu leben. Bevor Sie es nicht mehr aushalten, nehmen Sie ein Schmerzmittel.«

Der Moment hat ein halbes Jahr gedauert. In der Reha-Klinik habe ich dann einen anderen Patienten kennengelernt, der dasselbe so arg hatte, dass er kaum gehen konnte. Mir hat es zwar auch wehgetan, aber nicht so schlimm, dass es mich von meinen therapeutischen Spaziergängen abgehalten hätte. Nur manchmal bin ich auf der Couch geblieben. Dagegen hat Kollege Patient verbissen angekämpft. »Ich lasse mich nicht unterkriegen!«, hat er gesagt und die Zähne zusammengebissen. Bis er bleich im Gesicht war und voller Schweiß. Erst dann hat er sich auf eine Bank gesetzt und verschnauft. Im Lauf der sechs Wochen ist es besser geworden. Er hat mich gegen Ende unserer Reha-Zeit einmal in die Stadt begleitet, in die Buchhandlung und sogar durch den Klavierladen sind wir spaziert, ohne Schwächeanfall. Nur eine Verschnaufpause auf einem Klavierhocker. Ich habe mir währenddessen die Preisschilder der Pianos angesehen.

Danach die Schmerzen in Händen und Füßen. »Nur« mehr in den Händen und Füßen. »Nur« mehr nach dem Aufstehen in der Früh und nach der Siesta am Nachmittag. Finger und Knöchel geschwollen, jeder Schritt eine Tortur. Schmerzen beim Gehen, Schmerzen beim Zwiebelschneiden. Manchmal so arg, dass es mir die Tränen heraustreibt. Vor allem die Hände! Meine *Hände*! Die ich für alles brauche, was ich gern tue. Puzzeln, stricken, putzen, aufräumen. Ja, auch putzen und aufräumen. Das war immer schon so. Als Ausgleich zu meinem kopfigen Job etwas mit meinen Händen tun. Bügeln, Besteck polieren, Dinge, die herumliegen, an den Ort zurücktragen, an dem sie wohnen. Das war beruhigend und meine Wohnung eine wohlige Höhle, schön anzusehen. Ich mag es nicht, wenn mein Blick auf etwas fällt, das mir die Schönheit verdirbt. Schmutziges Geschirr zum Beispiel. Aufräumen um der Schönheit willen und weil meine Hände gern Dinge angreifen. Deshalb habe ich auch gelitten, in den ersten Monaten, als der schwarze Vogel Dauergast war, weil überall unschöne Anblicke. Staub, abgebröckelter Putz, Kaffeeflecken an der Wand hinter dem Küchentisch, die Folgen eines Wutausbruchs vor vielen Jahren.

Irgendwann also zum Arzt. (Hast du denn aus deinem bösen Infekt nichts gelernt? Willst du wieder warten, bis gar nichts mehr geht? Geh! Geh bald.) Und zwar gleich zum Schmied, nicht zum Schmiedl. Blut abnehmen – der Internist erweist sich glücklicherweise als geschickter Venen-Finder –, zum Röntgen.

»Das schaut mir sehr nach Rheuma aus. Ich schlage vor, wir versuchen es wieder mit einer Cortison-Kur. Sie haben mir ja berichtet, dass Sie diese Schmerzen schon vor einigen Jahren einmal hatten und dass sie damals von selbst vergangen sind. Das ist für mich ein Hinweis, dass es für eine Basistherapie zu früh ist.«

»Basistherapie« – was ist das? Ach, egal. Darum geht es ja offensichtlich jetzt nicht. Aber Cortison. Ist das nicht ein wilder Hammer? Wo die Leute dick werden?

»Cortison ist ein hoch wirksames Präparat, das natürlich seine Nebenwirkungen hat. Aber ich würde es trotzdem gern versuchen, in einer geringen Dosierung und begrenzt auf vier Wochen. Danach sehen wir weiter.«

Okay, mache ich, schlucke ich eben wieder Cortison. Hat mir damals wirklich geholfen. Als ich mir eingebildet habe, die Erker-Fenster im Wohnzimmer abschmirgeln zu müssen und neu zu lackieren. Das haben meine Hände gar nicht goutiert. Keine Schmerzen haben, das wäre eine wunderbare Alternative.

Die auch bald, nach wenigen Tagen schon, eintritt. Jedenfalls ansatzweise. Weniger Schmerz, keine Schwellungen. Ich kann meinen silbernen Ring wieder tragen.

Bei einem meiner seltenen Besuche in der Stadt treffe ich die Das-wird-unser-Jahr-Abgeordnete. Der Grund, mir die Stadt anzutun, war eine physiotherapeutische Behandlung. Ja, auch das hatte ich notwendig. Aber ich muss hier nicht meine gesamte Krankengeschichte erzählen. Ich gönne mir einen Espresso, unbedachterweise in einem Café nahe des Landhauses, und da kommen sie und Kollege Geschäftsführer herein. Ja hallo du, lang nicht gesehen, wie geht's dir? Bussi, Bussi. Ein bisschen Geplaudere, dann müssen sie sich ihrer Besprechung widmen, für die sie sich außerhalb der Klubräumlichkeiten verabredet haben. »Ciao, mach's gut.« — »Ihr auch.«

Ich gehe hinaus, biege an der nächsten Straße ab, denke mir, das war nett, die beiden zu treffen, und plötzlich weiß ich nicht mehr, wovon wir gesprochen haben.

Was habe ich gesagt? Habe ich das nur gedacht oder wirklich gesagt? Oder habe ich es nur geträumt, irgendwann einmal oder heute Nacht? Habe ich die Abgeordnete und den Kollegen tatsächlich getroffen oder bin ich nach der Physiotherapie gleich Richtung zu Hause gegangen? Und das mit dem Kaffee, ist das früher einmal gewesen?

Ich kann die Bilder und Sätze in meinem Kopf nicht mehr zuordnen. Und die Autos sind grau, alles ist grau. Die Menschen, die Häuser, die Auslagen. Ein kaltes, undefinierbares Grau. Und ich habe Angst. Dass sich der Mann, der mir entgegenkommt, als Zombie entpuppt. Dass die Frau vor mir in Wahrheit ein Geist ist. Wenn ich sie einhole, werden ihre Geisterhände nach mir greifen. Schweiß rinnt mir den Rücken hinunter. Langsam gehen. Du musst es nach Hause schaffen, dich hinlegen. Zehn Minuten, nur zehn Minuten, dann bist du daheim. Geh, geh.

»Und Sie haben es nach Hause geschafft?«, fragt mein Psychiater in der nächsten Stunde.

»Ja, irgendwie. Ich habe mich die Hauswände entlanggehangelt.«

»Wie lange hat der Zustand gedauert?«

»Bhhh … weiß nicht. Zwei Stunden vielleicht.«

»Und ist es noch einmal vorgekommen?«

»Ja, nach einem Treffen mit einer Freundin.«

»Eigenartig … Haben Sie medikamentös etwas verändert? Sie hatten doch Schmerzen. Waren Sie beim Rheumatologen?«

»Ja, er hat mir eine Cortison-Kur verschrieben.«

»In welcher Dosierung?«

»Eine Woche lang zweimal pro Tag ein Viertel, dann drei Wochen lang ein Viertel.«

»Von 25 mg?«

»Ja, ich glaube.«

»Das ist keine hohe Dosis. Aber natürlich … Cortison kann schon solche psychotischen Zustände auslösen. Ich kenne das aus meiner Zeit auf der Klinik. Nur dass die betroffenen Patienten ganz andere Dosierungen eingenommen hatten.«

»Könnte es eine Wechselwirkung mit einem anderen Medikament sein? Ich nehme mittlerweile ja ziemlich viel. Das

Antidepressivum, das Hormon für die Schilddrüse, etwas gegen Bluthochdruck ...«

»Hm ... Möglich. Ist mir aber nichts bekannt. Wie lange sollen Sie das Cortison noch nehmen?«

»Zehn Tage.«

»Das heißt, Sie sind bereits beim Ausschleichen ... Beobachten Sie, wie es Ihnen geht. Ich würde darauf tippen, dass die Zustände nicht mehr wiederkommen. Mehr kann ich Ihnen im Moment leider nicht sagen.«

»Passt schon. Vielleicht kommt es ja wirklich nicht mehr vor.«

Nemorino verausgabt sich völlig in seinem Job als Muse. Und er macht ihn auch ganz hervorragend. Da darf er dann schon auch mal faul herumliegen. Nur bitte nicht auf der Tastaturkjmmmmjjugrrrgtq3&%GGWEW-GBETWTZNNTZHGFBSBG§!!

Haftprüfungstermin

Alle drei oder vier Wochen Termin in der Krankenkasse. Beim Kontrollarzt. Jedes Mal ein anderer. Oder eine andere. Die meisten verständig.

»Wir werden für diese neuen Krankheitsbilder geschult«, hat mir eine der Ärztinnen einmal auf Nachfrage erklärt. »Psychische Erkrankungen sind mittlerweile ja sehr häufig. Was es für die Betroffenen aber nicht leichter macht.«

Wie recht sie hat. Aber ein Gesundheitssystem, das mit den Attacken meines schwarzen Vogels umgehen kann, ist schon was wert. Wenigstens muss ich mich nicht als Irre fühlen.

»Ich schreibe Sie wieder für vier Wochen krank«, sagt sie, nachdem sie den Arztbrief meines Psychiaters durchgelesen und mir einige Fragen gestellt hat.

»Entschuldigung, ich hätte auch noch eine Frage. Beim letzten Mal sind meine Ausgehzeiten von 10 bis 12 Uhr festgelegt worden. Ich würde aber gern manchmal in der Früh in den Wald gehen. Darf ich das?«

»Sicher. Das müssen Sie sogar, bei Ihrer Diagnose. Ich schreibe Ihnen jetzt 8 bis 17 Uhr hin. Und sollten Sie einmal am Abend mit einer Freundin in einer Bar sitzen wollen, dann tun Sie das. Von unserer Seite ist alles erlaubt, was zu Ihrer Genesung beiträgt. Nur hängen Sie das bei ihren Kollegen nicht an die große Glocke. Bei Arbeitgebern mangelt es oft am Verständnis.«

Nun ja, diese Gefahr ist vernachlässigbar. In eine Bar zieht mich gar nichts. Abends schon überhaupt nicht. Aber ins Theater würde ich gern einmal gehen. Jetzt wo sie Verdi auf dem Programm haben.

»Dürfte ich mir eventuell eine Oper anschauen?«

»Wenn Sie es nicht jeden Tag tun.«

Keine Sorge. Jeden Tag Verdi wäre sogar mir zu viel.

Nachdenkpause

Ich frage meinen großen Mann, ob er mit mir eine Oper anschauen würde.

»Darfst du das?«

»Warum sollte ich nicht dürfen?«

»Du bist ja im Krankenstand.«

»Ja, aber alles, was mir guttut, darf ich. Haben sie mir dort gesagt.«

»So einen Krankenstand würde ich mir auch wünschen.«

Klar. Versteh ich. Aber würdest du das Blei auf der Seele auch wollen? Und jeden Tag heulen, weil dein Innenleben beschlossen hat, dass es immer traurig sein muss? Auch wenn es keinen ersichtlichen Grund dafür gibt?

Du kannst gern mit mir tauschen. Dann komme ich wenigstens wieder einmal auf die Loipe.

Sage ich nicht. Keine Kraft. Stattdessen:

»Würdest du uns Karten besorgen?«

»Ah, dafür bist du jetzt wieder zu krank. Du richtest es dir, wie es dir gerade passt.«

Mein Gott, mach's mir doch nicht so schwer. Du tust das doch jede Woche. Bist ja ständig im Theater und bei Konzerten.

Vielleicht nützt ein bisschen Honig ums Mäulchen.

»Du kannst es halt viel besser als ich.«

Auf diesem Ohr hört er.

»Okay.«

Am Opernabend schneit es leicht. Gerade genug, damit der

Weg vom Auto zum Theater in meinen eleganten Schuhen ein rutschiges Unterfangen wird.

»Darf ich mich bei dir einhängen? Ich habe Angst, dass ich ausrutsche.«

»Was hast denn wieder für Schuhe an?«

»Ja schöne halt.«

»Frauen und Schuhe. Das ist eben ein Kapitel für sich.«

Hätte ich die hagebuchenen Bergschuhe mit dem groben Profil anziehen sollen?!

Ich sage nichts. Ich brauche meine ganze Konzentration, um nicht auszurutschen. Und um die Menschen auszuhalten, die jetzt viele geworden sind. Die Frauen stöckeln mit hohen Absätzen die Theaterstufen hinauf. Ihre Männer geben ihnen mit einer Hand Halt. Alle.

Na ja … genau genommen sind es zwei. Trotzdem. Es wäre schön, wenn es der Meinige auch täte.

»Ich würde gern noch eine rauchen, bevor wir hineingehen«, sage ich.

»Muss das sein? Dann stinkst du wieder.«

Ja, unbedingt. Ein paar Schritte auf die Seite gehen, wo nicht so viele Leute sind. Mich an etwas festhalten. Du reichst mir deine Hand ja nicht.

»Nein, muss nicht sein.«

In der Pause aber schon.

»Bitte geh mit mir hinaus. Hier im Foyer ist das Gedränge zu groß.«

»Du willst ja bloß eine rauchen.«

Ja, will ich. Aber ich würde auch gern an deinem großen Körper lehnen und die Menschen um mich herum ausblenden.

»Mir sind da zu viele Leute.«

»Alles bloß Ausreden.«

Aber er geht mit mir hinaus. Stopft seine Hände in die Hosentaschen und redet in die kalte Nachtluft hinter mir hinein.

»Die zweite Geige ist heute gar nicht gut drauf. Und die Bässe habe ich auch schon besser gehört.«

Da kann ich nicht mitreden. Solche Dinge hören meine Schweinsohren nicht.

»Mir gefällt die Inszenierung. Ich verstehe gar nicht, warum die von der Kritik so zerrissen worden ist.«

»Weil du immer dagegen sein musst. Gegen alles und jedes.«

Puuuh ... Ich drücke meine Zigarette aus und gehe wieder hinein. Ich halte ihm die Tür auf, aber er nimmt die danebben.

»Ich pack das nicht mehr«, sage ich zu meiner Therapeutin. »Ich bin so was von ... hypersensibel. Er tut zwar alles, was ich mir von ihm wünsche, aber seine Sprüche ... Und der ewige Grant. Und immer die Frage: ›Darfst du das?‹› Darfst du so lange krank sein?‹, ›Darfst du ins Theater gehen?‹ ...«

»Ich denke, Sie brauchen eine Nachdenkpause in der Beziehung. Ein bisschen Abstand, zwei, drei Monate. Schlagen Sie ihm das doch vor. Meinen Sie, er würde darauf einsteigen? Wenn Sie es ihm ohne Vorwürfe erklären? Dass Sie im Moment einfach zu sehr mit sich selbst beschäftigt sind. Und das auch brauchen, damit Sie mit sich selbst wieder klarkommen. Was, glauben Sie, wird er dazu sagen?«

»Ich weiß genau, was er sagen wird: ›Wie Sie meinen, Frau Chefin. Ich habe ja schon längst nichts mehr zu melden‹.«

»Na dann ...«

Vorher Wien

»Was würden Sie denn gern tun?«

Oh Gott, wieder diese Frage! »Gern.« Was würde ich denn gern tun?!

»Stellen Sie sich kurz vor, es ginge Ihnen gut. Was würden Sie als Erstes tun? Was fällt Ihnen spontan ein?«

»Wien. Ich würde gern wieder einmal nach Wien fahren. Privat. Ich war schon so lange nicht mehr dort.«

»Was würden Sie dort machen?«

Hm. Was reizt mich an Wien? Was hat mir früher dort gefallen?

»Hm. Schwierige Frage. Herumspazieren, vielleicht eine Fotoausstellung gehen. Eventuell einmal in die Oper. Aber vor allem: einfach die Atmosphäre genießen. Die Atmosphäre von Wien.«

»Dann tun Sie das doch.«

Nach Wien fahren? Viereinhalb Stunden im Zug? Allein? Mit wem? Nein. Schon diese Fragen zu schwierig.

»Nach Wien fahren? Da seh ich mich noch nicht drüber aus.«

»Ja. Sie sind mir jetzt wieder zusammengefallen. Das geht jetzt noch nicht.«

Der Arzt schaut mich an. Konzentriert. Schweigen. Er tippt etwas in seinen Computer. Schaut mich wieder an.

»Zu Ihrer Eingangsfrage. Wann Sie wieder arbeiten können.«

»Ja?«

»Ich lasse Sie nicht arbeiten gehen, bevor Sie in Wien waren.«

»?!

»Bevor Sie es nicht schaffen, sich etwas Vergnügliches zu gönnen, brauchen Sie nicht arbeiten zu gehen. Sie wären nach zwei Tagen wieder in der alten Schiene.«

»Ich lasse Sie nicht arbeiten gehen, bevor Sie in Wien waren.« Meint er das ernst? Meint er das wirklich? Würde er wirklich verhindern, dass ich mich in etwas verrenne? Würde er mich davor bewahren, mich ins Verderben zu begeben?

Das bezweifle ich. Kein Arzt würde sich so weit hinauslehnen. Kein Arzt würde es tun. Mich nicht gehen lassen, wenn ich gehen will. So weit reicht die ärztliche Beschützerqualität bestimmt nicht. Der Meine hat sich ohnehin schon erstaunlich weit hinausgelehnt, indem er gesagt hat: »Dieser Job macht Sie krank.« Das hat noch nie jemand gesagt. Nie in dieser Deutlichkeit. »Warum macht mich dieser Job krank?«, habe ich ihn gefragt.

»Die Antwort werden Sie sich im Lauf der Zeit selbst geben können.«

Aha.

Außerdem. Ich *muss* wieder arbeiten gehen. Was ist denn die Alternative? Woher soll das Geld kommen? Wie lang will ich denn noch herumliegen und nichts tun?

Jeden Morgen das gleiche Ritual. Vergeblich suche ich mein Innenleben nach einem positiven Impuls ab. Und immer die Frage: Was habe ich nur falsch gemacht? Was habe ich dieses Mal wieder falsch gemacht? Ich habe keine Antwort mehr. Ich tue mein Bestes, um gesund zu werden. Nur genügt das offensichtlich nicht.

Das Bergwerk hat viele Brocken auf Lager, die das Pony über die Jahrzehnte brav gezogen hat. Dann ist da plötzlich Tageslicht – womöglich sogar Sonne! – und ein Ende des Gleises, fettes grünes Gras und lustige Bienchen. Da schreckt sich das Pony. Weiß nicht, in welche Richtung es seine Hufe setzen soll. Schließt die Augen, das Licht blendet. Kostet vom grünen Gras und fürchtet sich vor den Bienen. Es sehnt sich zurück in die Höhle. Wo es jedes Gewölbe kennt, jedes Geräusch.

Die anderen erwarten, dass das Nutztier wieder funktioniert. Niemand da, der sagt: Nein, du musst nicht! Du brauchst noch Zeit. Vielleicht solltest du nie mehr ins Bergwerk gehen. Niemand da, der ihm die Hand auf die Nüstern legt und sagt: Du musst nicht. Also dreht es sich um und schleppt sich wieder Richtung Gleis.

Existenzgrundlage

»Geh doch einmal zur Pensionsversicherung«, sagt eine Freundin zu mir. »Erkundige dich zumindest, was du bekommen würdest, wenn du jetzt in Pension gehen würdest.«

»Jetzt in Pension?! Ich bin 54.«

»Ja, I-Pension. Berufsunfähigkeitspension.«

»Oh. Du meinst ... Darüber habe ich noch nie nachgedacht. So schlecht geht es mir doch gar nicht.«

»So schlecht geht es dir nicht? Du hast Töne!«

»Ich krieg bestimmt so wenig, dass es nie und nimmer reicht.«

»Genau deswegen: Erkundige dich! Dann weißt du, woran du bist. Wissen ist besser als Fantasieren.«

I-Pension. Der Gedanke ist völlig absurd. So wenig wie ich gearbeitet habe, krieg ich bestimmt bloß die Mindestrente. Typisch weibliche Berufsbiografie. Studium, Kind, Teilzeit. Ich muss bleiben, bis ich 60 bin. Ich muss durchhalten.

»Wissen ist besser als Fantasieren.« Fragen kostet ja nichts. Vielleicht hat sie recht. Vielleicht sollte ich wirklich zur Pensionsversicherung gehen. Dann weiß ich auch, womit ich im Alter rechnen kann. Ob es je reichen wird, ob ich von meiner Pension werde leben können. Oder ob ich arbeiten muss, bis ich umfalle.

Ich raffe mich auf und gehe zur Versicherung.

»Grüß Gott. Nehmen'S Platz. Was kann ich für Sie tun?«

»Grüß Gott. Ich würde gern wissen, wann ich in Pension gehen kann und was mich da finanziell erwartet.«

»Aha. Sie haben also ihr Pensionskonto noch nicht zuge-schickt bekommen?«

»Nein.«

»Ihre Versicherungsnummer, bitte.«

Der Mann mit dem Unterländer Zungenschlag tippt meine Daten in seinen Computer. Schweigt, schaut. Ich schaue auch. Konzentriert auf den Tisch vor mir.

Was wird da wohl rauskommen? Mensch, verdammt, mach weiter! Ich habe Angst. Wenn der jetzt sagt: Ui, das sieht nicht gut aus, Sie haben ja eine schreckliche Erwerbsbio-grafie, ui, ui.

»Ah, da haben wir Sie ja, Frau Doktor.«

Mach weiter, komm. Wie lang rechnet das Teil denn noch?

»Okay. Ich mach einen Ausdruck, dann erkläre ich Ihnen die Situation.«

Mensch, sag was. Spann mich nicht so auf die Folter.

»Gut. Schauen'S. Im September 2020 können Sie in Pen-sion gehen. Nach dem jetzigen Stand würden Sie dann 1.640 Euro bekommen ...«

1.640 Euro?! Davon kann ich ja leben!

»Aber Sie haben ja noch fünf Jahre. Wenn Sie bis dahin noch ordentlich verdienen, wird das noch steigen.«

1.640 Euro. Da brauch ich mir ja überhaupt keine Sorgen machen!

»Und wenn Sie jetzt gehen würden, Berufsunfähigkeits-pension also, dann bekämen Sie 1.200 Euro. Und ein paar Zerquetschte.«

»Aha. Ja, wissen Sie, mir geht es nicht besonders gut. Ich hatte ein Burn-out. Das mit dem ordentlich Verdienen wird eher nichts werden. Ich überlege, ob ich in Teilzeit gehen soll.«

»Teilzeit? Wenn Sie halbtags arbeiten ...« Er tippt auf seinem Rechner. »... Dann bekommen Sie weniger, als wenn Sie in Arbeitslose gehen. Das würde ich nicht tun.«

Hm. Der meint's ja richtig gut mit mir.

»Und Altersteilzeit?«

»Ja, das ist eine andere Sache. Wenn's der Arbeitgeber tut. Da können'S dann zum Beispiel 60 Prozent arbeiten und bekommen 80 Prozent Gehalt. Da zahlt das Arbeitsamt etwas mit. Könnten Sie im September nächsten Jahres anfangen. Besprechen'S das einmal mit Ihrem Arbeitgeber.«

»Mach ich. Danke.«

»Nichts zu danken. Wiederschauen.«

»Auf Wiedersehen.«

1.640 Euro. Das klingt nicht wirklich nach Armutsgrenze. 1.200, das wär schon schwieriger. Zahle ich doch allein für die Miete 700 Euro.

Zu Hause lege ich das Papier, das mir der Herr der PVA ausgedruckt hat, auf den Küchentisch. Das ist ja unglaublich. So viel Glück auf einmal. Mit so viel Geld in der Pension habe ich nicht gerechnet. Wie kommt das?

Nun gut, ich habe in den letzten 12 Jahren Vollzeit gearbeitet und relativ gut verdient. Und ich habe mit 15 meinen ersten Ferialjob gehabt und neben dem Studium immer gearbeitet. In den Ferien und zwischen den Vorlesungen und Seminaren. Und auch nach der Babypause bald wieder angefangen.

Trotzdem. Da kann etwas nicht stimmen.

Ich muss mir noch einmal die Ausdrucke anschauen. Da sind schon eine Menge Arbeitszeiten aufgelistet. Aber halt! 1.640 Euro. Ist das brutto oder netto? Ich studiere die Zahlen genau, die Textpassagen auch. Nirgendwo gibt es Aufschluss über diese Frage. Nirgendwo finde ich die Wörter »brutto« oder »netto«. Muss man so etwas einfach wissen?

Klar. Wäre doch zu schön gewesen. Sind bestimmt Brutto-Beträge. Und was heißt das dann auf meinem Konto? Keine Ahnung. Wenn es sich um ein Gehalt handeln würde, würde ich jetzt vielleicht einen Brutto-Netto-Rechner anwerfen. Aber bei einer Pension? Was kommt da weg?

Mir geht die Kraft aus. Ich lasse es sein, lege die Papiere auf ihren Schreibtisch. Irgendwann werde ich mich um die Antwort kümmern.

Und überhaupt. Ohne Arzt ginge das ja gar nicht. Der müsste das ja argumentieren. Das muss ich einmal ansprechen.

»Mir ist der Gedanke gekommen, um I-Pension anzusuchen. Würden Sie das unterstützen, Herr Doktor?«

»Nein.«

»Nein?!«

»Nein. Nicht jetzt. Wenn Sie jetzt in Pension gehen, dann übernehmen Sie 25 Ehrenämter.«

Was ist das jetzt? »Nein.« Aber ich bin doch ein Wrack. Sieht der das denn nicht? Wofür ist er denn dann gut? Bin ich echt schon so gut beinand, dass ich wieder arbeiten kann, und weiß es bloß nicht? Weil – Selbstmitleid, Weichei, faule Sau?

»Ich lasse Sie erst wieder arbeiten gehen, wenn Sie in Wien waren.« Dann ist dieser Satz auch nur leeres Gerede. Er schickt mich ja geradezu. Schert sich einen Dreck darum, wie es mir geht. So wie alle anderen halt auch. Für 120 Euro die Stunde könnt er aber schon a bissl mehr Engagement zeigen. A bissl mehr auf meiner Seite sein.

Ist halt alles Illusion. Die ganze Hoffnung, jemand würde sich meiner annehmen. Jemand würde mir die Entscheidung abnehmen. Jemand würde sagen: Lass gut sein, schau auf dich. Hab ich ja immer schon gewusst: Muss alles allein. Allein entscheiden, allein für mich sorgen. Hab ich ja immer getan. Mein ganzes Leben lang. Die Hoffnung, daran könnte sich durch meinen Zusammenbruch etwas ändern, alles Lug und Trug.

Na gut dann. Geht das Pony eben wieder ins Bergwerk. Werdet's schon sehen, was dabei herauskommt.

Dienst nach Auftrag

Dieses Mal kein Hurra-ich-bin-wieder-da-Mail, sondern Besprechung mit dem Geschäftsführer. Er bestätigt mir alles, was wir in der Vorwoche am Telefon besprochen haben: bis auf Weiteres keine Überstunden, keine Wochenenddienste. Und keine Führungsposition mehr. Die Oberhoheit über die Pressearbeit wird die junge Kollegin übernehmen. Ich werde nur zuarbeiten und die Aufträge erledigen, die er oder der Vorsitzende mir geben.

»Nehmen Sie mich als unsichtbaren Bodyguard mit in die Arbeit. Ich werde Sie warnen, wenn Sie wieder im Begriff sind, sich zu übernehmen«, hat mein Arzt gesagt. »Und denk dir nicht selber Arbeit aus«, sage ich zu mir.

Ich arbeite die 776 E-Mails ab, die sich während meiner Abwesenheit angesammelt haben. Die meisten davon sind mit der Delete-Taste zu erledigen. Das ist eindeutig ein Vorteil der Pressearbeit: Durch den starken Bezug zur Tagesaktualität gibt es kaum Dinge, die nach sechs Wochen noch relevant sind. Bleiben nur die Informationen, die mit dem für Ende Juni geplanten Parteitag zu tun haben. Die ersten Vorarbeiten sind geschehen, alles auf Schiene.

Am Dienstagvormittag bin ich »à jour«, wie Kollegin Buchhalterin zu sagen pflegt. Ich drucke den Bericht aus, der des Geschäftsführers erster Auftrag gewesen ist, und gehe zu ihm hinüber. Soll ich jetzt fragen, was er als Nächstes für mich zu tun hat? Nein. »Nicht um Arbeit betteln«, hat Frau Therapeutin gesagt, »die kommt von selber.«

Fürs Erste kommt nichts. Ich gebe ihm die Ausdrucke, er sagte danke und das war's dann.

Was mach ich jetzt? Soll ich nicht doch noch einmal zum Chef gehen und fragen, ob er etwas hat? Nein, verdammt, das sollst du nicht! Sicher nicht? Nein! Ist aber schon komisch, da an meinem Schreibtisch zu sitzen und nichts zu tun zu haben. Das wird schneller vorbeigehen, als dir lieb ist. Wirst sehen. Meinst du? Aber ich werde ja nicht fürs Nichtstun bezahlt. Du tust ja nicht nichts, du machst eine kreative Pause. Wolltest du nicht schon lange einmal in deinen Fachzeitschriften blättern?

Ja, das wollte ich. Und jetzt kann ich sie nicht nur durchblättern, sondern *lesen*. Ganze Artikel, von Anfang bis Ende.

Und nachher? Es gibt nichts aufzuräumen, nichts auszumisten, und niemand will etwas von mir. Kein Anruf, kein Klopfen an der Tür.

Keine Angst, sie haben dich nicht vergessen.

Haben sie auch nicht. Am nächsten Tag bittet mich die Kollegin, eine Presseaussendung zu schreiben, am Nachmittag ist Besprechung zum Parteitag und ich bekomme den Auftrag, einen Moderator oder eine Moderatorin zu suchen. Die Stadtorganisation braucht einen Rat und ich soll eine Pressekonferenz vorbereiten. Die Frage »Was mache ich bloß?« hat sich bis zum Abend erübrigt.

Ich komme jeden Tag um acht und gehe um fünf.

Traum

Die Jungs von der Agentur wollen mich dringend sprechen. Sofort! »Nichts ist so dringend, dass es nicht 10 Minuten warten kann«, sage ich. Die Jungs schauen däm-
lich. Oma braucht Betreuung. Sie ist verwirrt und ich lege
mich zu ihr, damit sie beruhigt schlafen kann. Danach
widme ich mich der dringenden Jungs-Sache. Gar nicht
dringend, stellt sich heraus. Es ist 7 Uhr morgens und die
Deadline ist 15:02. Gut, dass ich der alten Dame den Vor-
zug gegeben habe.

Träumen Sie!

Zu Mittag Marillenknödel, am Abend Mohnnudeln. Drei Schnitten Oster-Colomba zum Kaffee.

Mensch, was bin ich zittrig heut. Innen wie außen.

»Man sieht es dir nicht an. Man merkt es dir nicht an.« Man merkt es mir nicht an. *Hört endlich auf damit*! Ich weiß es ja. Ich schlüpfe morgens in das Gewand der strengen Königin und schalte meine Innenleben aus. *Ich funktioniere.*

Gute Noten vom Betreuungstrupp. Beide Dottores attestieren, ich wäre auf dem richtigen Weg. Balsam für das geschundene, tapfere Pferdchen.

Dr. Psychiater meint, ich könnte mehr Fröhlichkeit gebrauchen. Und hat mir ein drittes Pillchen verordnet. 30 kleine, weiße, runde Dinger in einer viel zu großen Dose. Ein graues Etwas (»Do not eat!«) soll die Luftfeuchtigkeit absorbieren. Jetzt also morgens Cymbalta plus Wellbutrin, abends eine halbe Mirtazapin. Dann Zoldem fürs Schlafen und Temesta, wenn's mich ganz zerwutzelt. Trotz alldem: Sadness keeps breaking through. Das Pony steht tieftraurig auf seiner saftigen Weide.

Niemand nimmt das kleine Mädchen in den Arm und flüstert: »Alles wird gut.« Ohne die bezahlten 50 Minuten Zuwendung würde ich untergehen. Im Eismeer zwischen den Schollen. Das Eis so brüchig. Frohsinn nur ein Wort. Wer singt mir heute das Schlaflied? Rigoletto oder Nabucco?

Zum ersten Mal die Bürotür offen. Empfangsdame quasi. Die anderen auf Urlaub, im Landtag oder in einer Besprechung. Telefondienst. Eine will die städtische Abteilung für Anwohnerparkkarten und kann nicht glauben, dass sie 6 statt 0 gewählt hat. Ein Parteimitglied möchte wissen, ob er seine Mitgliedsbeiträge entrichtet hat. Eine schwer atmende Frau auf unserer steilen Stiege hat den Eingang zur Arztpraxis nicht gefunden. Sekretärinnen-Alltag.

Da ist einer. Einer, der genau schaut, ob ich wohl alles richtig mache. Ob ich wohl meine Pflichten erfülle. Er steht hinter meinem Rücken. Hinterrücks schmuggelt er die Anspannung ein, die Andeutung eines schlechten Gewissens.

Der Kaffeedampf tanzt heute besonders graziös. Ich nehme nur eine Wellbutrin. Zu viel well-being auf einmal hält der Mensch nicht aus. Gestern Abend, da war ich fast manisch. Und meine Haut ganz trocken, trocken der Mund. Zittern. Die Hände zittern. Nein danke. Zu viel Glück auf einmal.

Die wolkenverhangenen Tage sind vorbei. Das Licht bricht ein. Kühl noch. In der Maske der Freundlichkeit. Bald wird es grell sein. Unbarmherzig. Seinen harten Strahl auf die Traurigkeit richten. Unbarmherzig. Die Einsamkeit ausleuchten. Herzlos. Das Baby weint. Weint und kann nicht aufhören. Niemand da, um es aufzunehmen, an sich zu drücken, Wärme zu geben, Herzschläge spüren zu lassen. Bis das Weinen verebbt. Die Traurigkeit auftrocknet. Die Einsamkeit flieht.

Traum

Warten auf die Zillertalbahn, um aus dem Tal hinauszukommen. Muss noch meine hohen Winterschuhe schnüren. Ständig verheddern sich die Schnürsenkel. Mach weiter! Du versäumst noch den Zug! Doch es gelingt nicht. Der Zug kommt und ich habe erst einen Schuh gebunden. Hektisch versuche ich, die anderen Dinge zusammenzuraffen: Kappe, Handschuhe, Brille, Handtasche, Geld, Schi, Stecken. Es dauert viel zu lange.

Patientin zum Psychiater: »Gehört das überhaupt hierher?«
Psychiater zur Patientin: »Es geht um Ihr Leben!« Schön, wie
er das sagt. Es geht um mein Leben. Ich darf leben. Ich muss
leben! »Das ist wirklich das Einzige, das Sie müssen«, sagt er.
»Träumen Sie! *Träumen* Sie!« Ich träume: von einem Leben
ohne Stress, ohne Druck. Von erfolgreichem Schreiben. Von
gelungenen Geschichten. Von berührten Gesichtern. Von
Applaus.

In der Klubsitzung die Hände vors Gesicht. Atmen. Nicht auf
das Außen achten, die Wortmeldungen, die undisziplinierten
Zwischenrufe, die Nicht-Führung des Klubobmanns, alles. Zu
viel ist es, das Außen.

»Geh doch«, flüstert mir meine Sitznachbarin zu.

»Den Punkt Medienarbeit noch.«

»Soll der Geschäftsführer. Geh jetzt!«

Es ist ihr Ernst. Ja, ich gehe. Ohne Erklärung.

Draußen vor der Klubtür die hölzerne Bank. Die Tränen weg-
wischen. Die Rührung. Sie hat sich um mich gekümmert.
Jemand hat sich um mich gekümmert. Jemand hat es mir
angemerkt, jemandem ist es aufgefallen. Jemandem ist es
nicht egal. Wie es mir geht.

Topfit

Den Parteitag, an dem die Wahl unseres neuen Vorsitzenden stattfand, habe ich hinter mich gebracht.

In der Vorbereitungssitzung, bei der Erstellung des Ablaufplans, das übliche Gegeneinander von Interessen der Medien – vertreten durch unser Pressereferat – und Notwendigkeiten der Parteilogik, vorgetragen vom Landesgeschäftsführer.

»Es ist ein Ordentlicher Parteitag, kein Jubelparteitag. Da können die Medien nicht erwarten, dass wir für sie die Bekanntgabe des Wahlergebnisses vorziehen. Nur weil sie's nicht derwarten.«

»Es geht ja nichts ums ›derwarten‹, sie haben ganz einfach Redaktionsschlüsse. Und die Nachrichten im Fernsehen sind um 19 Uhr, wie wir alle wissen.«

»Bis dahin sind wir längst fertig, wenn wir um neun anfangen.«

»Wir können nicht um neun anfangen. Das können wir denen aus den entlegeneren Bezirken nicht antun. Zehn Uhr ist das Früheste.«

»Selbst dann. Um fünf ist der ganze Zauber vorbei.«

»Du weißt genau, dass wir uns darauf nicht verlassen können. Bei den vielen Anträgen, die wir haben. Die müssen alle ausführlichst diskutiert werden. Vor allem der von den Jungen, bezüglich der Freigabe von Cannabis.«

»Trotzdem. Der Ablauf von einem Parteitag richtet sich nicht nach den Medien. *darf* sich nicht danach richten. Wo kommen wir denn da hin?«

»So weit kommt's noch … Pfuschen uns eh sonst schon genug hinein.«

»Wenn wir das Wahlergebnis *vor* den Anträgen verkünden, laufen uns die Leute davon. Die meisten interessieren sich nicht für die Diskussion.«

»Genau. Dann haben wir womöglich nicht mehr genug Anwesenheit, um die Anträge abstimmen zu können. Dann sind wir nicht mehr beschlussfähig.«

»Wisst ihr was? Ich sehe das ja ein. Aber ihr könntet ja *mir* vorab sagen, wie viele Prozent unser Kandidat bekommen hat, und ich gebe die Information mit Sperrfrist an die Medien.«

»Sperrfrist, bis der Parteitag zu Ende ist?«

»Ja. Dann können die ihre Artikel schon mal schreiben und haben weniger Stress.«

»Und das funktioniert? Halten die sich daran? Oder stellt das jemand gleich online?«

»Nein, die halten sich daran. Alle.«

»Ja gut.«

Wie wir es letztendlich gemacht haben, weiß ich nicht mehr. Der schwarze Vogel hatte sich zwar verzogen, aber seinen Schatten hatte er dagelassen. Fakt ist: Der neue Vorsitzende wurde mit 90 Prozent gewählt. Und verkündete in seiner Antrittsrede, dass die Landespartei zu 100 Prozent hinter der Forderung der Jugendorganisationen nach einer Legalisierung von Cannabis stehe. Typischer Anfängerfehler. Nicht unbedingt das Thema, das ihm das Pressereferat als Einstand für seine Rolle als Parteichef empfohlen hätte.

Nach dem Parteitag soll — und muss — es darum gehen, den Newcomer im Land bekannt zu machen. Über seine Cannabis-Ansage hinaus. Eine Das-ist-der-neue-Listenchef-Kampagne.

Wer soll die in die Hand nehmen?

Ich! Ich, ich möchte das machen, bitte! Das wäre eine echt geile Sache. Eine Kampagne für diesen gut aussehenden Typen mit seinem bubenhaften Charme. Ich habe schon die Fotos im Kopf, wie er dastehen soll, wie den Kopf halten, welche Geste. Dieses Lächeln, ja, genau *dieses* Lächeln möchte ich auf den Plakaten haben.

Halt dich zurück! Du bist in der zweiten Reihe. Du schreist jetzt nicht »Hier!«. *Weil du das nicht packst.*

Ich presse meine Lippen zusammen, halte den Besprechungstisch mit beiden Händen fest. Nicht aufschauen, damit ich niemanden auf eine Idee bringe.

Nach einer Weile ergebnisloser Überlegungen wird die Sitzung unterbrochen. Kaffeepause. Ich stehe mit meiner Tasse bei den Rauchern. Da ist auch der Chef dabei. »Dottoressa«, sagt er, »ich möchte, dass *du* die Kampagne machst.«

Also doch. Wenn dich die Götter strafen wollen, erfüllen sie deine Wünsche.

»Cheffe, ich würde das liebend gern machen, wirklich *liebend gern*. Aber ... ich bin noch nicht so stabil. Ich weiß nicht, ob es mich nicht noch einmal hineinprackt.«

»Das macht nichts. Ich will dich.« Was für ein Balsam auf meinem verstauchten Ego. »Okay. Ich fange heute Nachmittag damit an.«

Interviews mit allen wichtigen Medien, bei jedem bin ich dabei, vor jedem briefe ich den Chef, nach jedem gebe ich ihm Feedback. Egal ob Samstag, Sonntag oder früher Morgen. Filmaufnahmen in seiner Heimatgemeinde fürs regionale Fernsehen. Und dem Fotografen meine Vorstellungen vom Porträt des Chefs darlegen.

Es ist großartig und es läuft großartig.

Und jetzt liege ich mit Lungenentzündung im Bett.

Ich bin körperlich vollkommen darnieder, aber meiner Psyche geht es hervorragend. Kein schwarzer Vogel weit und breit, sogar seinen Schatten hat er mitgenommen. Nachbarn und Freundinnen versorgen mich mit Essen und Unterhaltung, der große Mann kommt mit Blumen an.

Und ich rätsle, was diese Befindlichkeit zu bedeuten hat. Kein Chef, der mich hinuntermacht, kein Shitstorm aus Funktionärskreisen, nichts von alldem. Nur das: Ich kann mein Engagement nicht dosieren. Ich übertreibe immer alles. Ich weiß nie, wann genug ist. Mein Körper bringt uns beide um, wenn ich so weitermache.

Dieses Mal gehe ich erst dann wieder arbeiten, wenn ich topfit bin, das schwöre ich mir. *Top*fit.

Meister Samtpfote liegt auf meinen Notizen und verbreitet gute Stimmung, anstatt sich im Garten mit seinem Katerfreund zu matchen. Er weiß, was sich für eine pflichtbewusste Muse gehört. Dann wieder macht er einen auf gewöhnlicher Kater und spaziert über die Tastatur, legt sich auf meine tippenden Finger und knabbert an meinem Handgelenk. Gut, dass mein Katzentier mir sagt, wann ich Pause machen muss.

Spitzenklöpplerin

»Sie brauchen eine Auszeit«, sagt meine Therapeutin. »Eine Klinik, in der Sie wieder Tritt fassen können. Wo es eine Tagesstruktur gibt, wo Sie andere Menschen treffen, die in einer ähnlichen Situation sind wie Sie. Wo Sie Dinge tun können, die zu Hause nicht möglich sind.«

Tagesstruktur – reichen Kaffee, Kuchen und Gesellschaft nicht? Ich strukturiere meinen Tag doch! Ich stehe auf (das mag jetzt banal klingen, aber ich weiß von Leuten, die das nicht schaffen, sondern im Bett bleiben müssen), ich mache mir Frühstück, dusche mich, füttere den Kater, gehe in den Wald, nehme pünktlich meine Tabletten und halte abends das Rendez-vous mit meinem Fernseher ein. 20:15 Uhr, Hauptabendprogramm.

Das brauche ich als Gute-Nacht-Geschichte. Taugt natürlich nicht immer, was da im TV geboten wird, aber neulich war's perfekt: Asterix & Obelix: Mission Kleopatra. Leicht und lustig. Später dann das Schlaflied von Leonard Cohen.

»Reicht das nicht?«

»Nein, Sie sind zu unbeweglich, zu starr. Sie erinnern mich an die Spitzenklöpplerin. Haben Sie den Film gesehen?«

»Ja.«

»Dann wissen Sie sicher, was ich meine.«

»So ungefähr. Aber ich habe keine Lust auf Menschen, nicht jeden Tag, nicht in Rudeln.«

»Das sind keine großen Gruppen und außerhalb der Sitzungen brauchen Sie nur so viel Kontakt haben, wie Sie möchten. Da zwingt Sie niemand zu Geselligkeit. Aber Sie *können*, wenn Sie wollen. Und vielleicht finden Sie ja Gefallen daran, einmal Tischtennis zu spielen oder einen Spaziergang einmal *nicht* allein zu machen. Ich bin überzeugt, dass Ihnen ein Klinikaufenthalt guttun würde. Denken Sie darüber nach.«

Auf meiner Bank am Waldrand denke ich darüber nach. Die Bank, von der aus man direkt auf die Burn-out-Klinik sieht. Sie ist neu, hat einen guten Ruf und den Leiter kenne ich von früher. Cooler Typ, unerschrocken, kompetent. Der macht das sicher gut. Hat mich in jungen Jahren einmal im Finsteren in einen steilen Wald mitgenommen, um meine melancholische Stimmung zu vertreiben. Sprung über einen breiten Bach inklusive. Ich kenne auch zwei Männer, die schon dort waren; denen hat das wirklich sehr gutgetan. Die sind jetzt wieder mit Freude in der Arbeit. Bei meinen Spaziergängen treffe ich auch öfter auf schweigende Gruppen, die meinen Weg kreuzen oder auf einer Lichtung im Kreis sitzend Übungen machen.

Und das ist das Problem. Wenn ich dann mit so einer Therapiegruppe im Wald bin und jemanden treffe, den ich kenne? Der oder die mich kennt? Außerdem: In diesem Wald nach Heilung suchen, das kann ich auch, ohne dass ich im Sanatorium stationiert bin. Und überhaupt … Mein Gott, das ist wirklich das Allerschlimmste. Jeden Tag die Zeitung mit den Nachrichten aus Tirol auf dem Frühstückstisch!

Wenn du jetzt lachst und dir sagst, also wenn die keine anderen Probleme hat … Dann versetz dich mal in meine Lage. Du hast 20 Jahre lang deine Morgen mit mörderischen, katastrophalen und anderen Auf-den-Magen-schlagenden Schlagzeilen zugebracht. Du hast dich in den letzten Jahren davor gefürchtet, die Tür zum Fußabstreifer aufzumachen, weil du nie gewusst hast, ob die Zeitung wieder etwas über deinen Betrieb recherchiert hat, das für Aufregung sorgen wird. Oder ob jemand deiner missratenen Pappenheimer bei einem Journalisten etwas hat loswerden müssen, das die ganze Partei in Misskredit bringt. Oder einfach gegen das Gesetz der parteilichen Freundschaft verstoßen hat. So nach dem Motto »Der Vorsitzende muss weg« oder der Klubobmann oder die Frauenvorsitzende oder einer der Bezirksvorsitzenden. Ausgesprochen von einem der eigenen Leute. Einem Partei-»Freund«. Abgedruckt fetzenbreit auf der Titelseite der größten und wichtigsten Tageszeitung.

Das war das Erste, das ich im Krankenstand gemacht habe, sobald ich dazu fähig war: alle Zeitungsabos stornieren.

Das spricht eindeutig gegen das Burn-out-Sanatorium vor meiner Haustür.

»Gibt es solche Einrichtungen auch woanders?«

»Ja, ich glaube, es gibt vier oder fünf in Österreich. Schauen'S einmal ins Internet.«

Werde ich machen, aber vorher spreche ich mit meinem Arzt. Interessiert mich sehr, was er von der Klinik-Idee hält.

»Viel, sehr viel. Das kann Sie einen großen Schritt weiterbringen. Wobei ich für Sie eher an die Alte Psychiatrie denken würde.«

Psychiatrie?! Irrenhaus?! Klapse?

»Die Alte Psychiatrie?!

»Jetzt schauen Sie aber verschreckt drein ... Das ist nicht so, wie Sie meinen. Die hat sich enorm weiterentwickelt. Es gibt dort eine psychotherapeutische Station, die hervorragend ist. Wirklich hervorragend.«

»Was ist da anders als in einer Burn-out-Klinik?«

»Erstens: Sie haben kein Burn-out, sondern eine Depression. Und zwar eine schwere. Diese neue Station hat sich auf Depressionen spezialisiert. Zweitens sind die Gruppen halb so groß wie im Burn-out-Sanatorium oder vergleichbaren Einrichtungen und die Arbeit in den Gruppen ist ein großer Schwerpunkt.«

Gruppen. Oje.

»Drittens dauert der Aufenthalt dort acht Wochen und sie unternehmen viel mit ihren Patienten und Patientinnen. In den Gruppen.«

Noch einmal das erschreckende Wort.

»Viertens – aber das ist für Sie nicht so relevant ...«

»Was denn?«

»Sie lernen, sich eine Tagesstruktur aufzubauen. Aber das haben Sie nicht nötig. Sie sind da ja schon ziemlich gut.«

Aha.

»Bin ich das?«

»Sie haben ja keine Ahnung, wie sich da manche Patienten schwertun.«

Kein »-innen«. Heißt das etwas?

»Patient*en*?«

»Hm ... Jetzt haben Sie mich erwischt. Lassen Sie mich nachdenken ... Ja, tendenziell schon. Tendenziell tun sich Frauen leichter, ihren Alltag nach einem Zusammenbruch wieder zu organisieren. Männer müssen sich da oft viel mehr anstrengen. Brauchen öfter Hilfe dabei.«

»Gut, also um die Tagesstruktur geht's bei mir nicht.«

»Nein. Aber Sie sollten sich das unbedingt anschauen. Danach können Sie entscheiden, ob Sie ins Burn-out-Sanatorium oder auf die Psychotherapie-Station wollen. Falls die

Sie überhaupt nehmen würden. Die schauen sich genau an, wer in einer Gruppe zusammenpasst und ob Ihre Probleme von der Art sind, dass die therapeutische Herangehensweise für Sie sinnvoll ist.«

»Okay … Haben Sie eine Ahnung, wie lang dort die Wartezeiten sind? Im Sanatorium kann es ja bis zu einem halben Jahr dauern, bis man einen Platz bekommt.«

»Also auf dieser psychotherapeutischen Station ist es so, dass die Aufnahmen alle vier Wochen stattfinden. Es gibt zwei parallele Gruppen, in denen alle PatientInnen gemeinsam beginnen und auch wieder aufhören. Ich treffe am Freitag einen Freund, der dort arbeitet. Den frage ich, wie es für die nächsten Termine ausschaut.«

»Ja, bitte.«

»Und Sie schauen sich inzwischen an, was auf der Homepage steht. Beim nächsten Mal sprechen wir weiter.«

»Die Wartezeiten in der Psychiatrie sind nicht arg lang«, sagt er in der folgenden Woche. »Die Station ist noch nicht sehr bekannt. Sie könnten schon beim nächsten Aufnahmetermin dabei sein.«

»Und wie ginge das jetzt? Auch über die PVA wie beim Sanatorium?«

»Nein, das läuft wie bei anderen Klinikaufenthalten. Das bezahlt die Krankenkasse. Sie müssen auf der Station anrufen …« Er reicht mir eine Visitenkarte. »… Das kann ich nicht für Sie machen. Da bestehen die drauf: dass die Patienten selber zu ihnen kommen. Aus eigenem Antrieb. Weil sie *wollen*. Ja und dann werden Sie einen Termin für das Aufnahmegespräch bekommen. Dafür müssen Sie sich Zeit nehmen, die machen das gründlich.«

»Danke.«

»Alles Gute.«

Die Fahrt zur Alten Psychiatrie ist ein herbstgoldbunter Traum. Über der Stadt ein Hauch von Nebel, die Kirchtürme von einer morgenfreundlichen Sonne angestrahlt.

Was das wohl werden wird, dort?

Das Klinikareal ist schön, parkähnlich, in einem anmutigen Viertel mit mittelalterlichem Flair. Aber. Dahinter die schroffen Felshänge, das finstere Tal. Ich mag die südlichen Berge lieber. Die sind runder und es hat Bäche und Bächlein, während das kalkige Gebirge im Norden ... Ich hab's streng in Erinnerung, von den Wanderungen mit meinem Vater, trocken, steil und heiß. An der Bachofenspitze vorbei. Bachofen, genau. So hat es sich angefühlt. Und in dieser Landschaft Ausflüge mit der Gruppe? Puuuh ...

Die Station ist optisch ein Albtraum und auch, was ihre Lage betrifft. Nach Norden ausgerichtet, der Ausblick zwar von Ahornblättern vergoldet, aber halt doch auf steile Wände. Bretter vorm Kopf.

Die Menschen sehr freundlich, sehr kompetent – der Arzt, mit dem ich das Aufnahmegespräch führe, und die diplomierte Krankenschwester, die mich anschließend durch die Station führt. Das Mobiliar wie beim Sperrmüll zusammengeklaubt. Auf Tischen verschiedenster Bauarten halb-fertige Puzzles (»Mögen Sie puzzeln?« – »Oh ja, sehr gern!« Sie sagt »puzzeln«, wie mein Großer. Ich sag immer »passeln«), eine Küche für die Patienten, damit sie sich Kaffee oder Tee machen können, wann immer sie wollen. Ein junges Mädchen freut sich gerade, weil sie einen passenden Teil für ihr weißes Märchenpferd gefunden hat, eine ältere Frau häkelt.

»Sind hier im Moment nur Frauen stationiert?«

»Nein, die Männer machen gerade ein Tischfußball-Match.

Und hier ...« Sie öffnet eine Tür »... ist unser Rauchereck. Falls Sie ...«

»Hier darf man rauchen?!

»Ja, auf der Veranda. Im Haus nicht.«

»Dass Sie mir das so unaufgefordert zeigen, überrascht mich.«

»Gehen wir eine rauchen? Dann sag ich Ihnen, warum.«

Wir zünden jede eine an und nehmen den ersten Zug. Ich muss lachen.

»Ich muss gerade an diese Szene denken, in dem Buch ... von dem ... jetzt fällt mir der Name nicht ein ... der in der Jugendpsychiatrie aufgewachsen ist, weil sein Vater dort Direktor war ...«

»Meyerhoff?«

»Genau. Da beschreibt er einen Insassen, der die Zigaretten in einem einzigen Zug raucht.«

Sie lacht auch.

»Die Leute, die zu uns kommen, rauchen oft. Und wir sagen: Leute, die zu uns kommen, denen geht es schlecht. Die haben größere Probleme als die Zigaretten. Zu denen zu sagen, hör das Rauchen auf, das ist ungesund, das wäre ungefähr so, als ob Sie auf dem Dach eines Hochhauses einen Mann sehen, der sich hinunterstürzen wird. Vorher raucht er eine letzte Zigarette. Und Sie gehen hin, nehmen ihm die Zigarette aus der Hand und sagen: Rauchen ist ungesund. Ja, es ist ungesund, da machen wir uns nichts vor. Und unseren Patienten auch nicht. Aber von einem Hochhaus springen ist definitiv ungesünder.«

Wir ziehen an unseren Zigaretten und schweigen. Ein Weilchen. Dann zeigt sie mir die Zimmer.

»Wir haben Zwei- und Vierbettzimmer.«

»Keine Einzelzimmer?!«

»Nur zwei. Die nutzen wir für die ganz schweren Fälle.«

Ich möchte gar nicht wissen, was ganz schwere Fälle sind. Also frage ich auch nicht.

Ein Zimmer teilen. Mit jemandem Fremden. Acht Wochen lang. Ich stelle mir das schrecklich vor. Auch wenn die Zimmernachbarin nicht schrecklich ist. Einfach nur, *dass* da jemand ist. In meiner Privatsphäre. Wenn ich heulen muss oder in den Polster schreien. Ich kann nur allein. Nur allein.

Zum Schluss dann noch kurz mit dem Arzt.

»Also, ja, Frau Doktor, Sie passen zu uns, wir würden Sie aufnehmen. Überlegen Sie es sich, sprechen Sie mit Ihrem Psychiater. Und dann melden Sie sich bei uns. In zwei Wochen spätestens, bitte.«

»Gern, danke. Wiederschauen.«

Hm. Zwiespältig. Psychotherapeutisch scheinen sie wirklich was draufzuhaben (auch wenn ich nicht sagen könnte, was. Kann es nicht beschreiben oder erklären. Ist nur so ein Gefühl.), aber ... Die abgefuckten Möbel, die Mehrbettzimmer, das Schauen nach Norden ... Da sitz ich dann erst wieder wie die Spitzenklöpplerin in der Anstalt und weine meinem großen Mann nach, dem ich nicht gescheit genug bin.

Er fehlt mir so. Nicht der Besserwisser mit dem erhobenen Zeigefinger in der Stimme. »Nein, das sind *nicht* die Wissower Klinken. Die hat es zu des Malers Zeit noch nicht gegeben. Das sind einfach nur Kreidefelsen. *Irgendwelche* Kreidefelsen. Schau bei Wikipedia nach!« Wo ich doch so gern gehabt hätte, dass mein Puzzle die Felsen zeigt, die wir beide gesehen haben. Er und ich. Beim Spazieren auf Rügen.

Nein.

Der Mann, der mir fehlt, das ist der anfängliche Allerliebste, der Das-ist-meine-große-Liebe-Mann. Der Große, der unten an der Bahnhofsstiege auf mich gewartet hat, als ich elend aus Graz zurückgekommen bin. Der, der mit Gladiolen vor meiner Tür gestanden ist. Der, der seine Arme um mich legt und mich an sich drückt. Der, der geflüstert hat: »Komm!«, Komm!« und mich zum Kommen gebracht hat. Der Umfangreiche, der mit einem breiten Smile vor seinem megagroßen Eisbecher gesessen ist. Der große Mann, der sich wie ein kleines Kind freut, wenn er im Malefiz oder beim Canastern gewinnt. Der weiche Koloss, der neben mir im Bett gelegen ist, die Härchen auf seinen Beinen golden in der Nachmittagssonne. Sein Minor erschöpft und entspannt zwischen den kalten Bauern.

Dein weicher Körper. Deine warme Haut. Deine Hände. Ich vermisse sie so.

Ich schreibe mir die Seele aus dem Leib, aber du kommst nicht, um mir zu gratulieren. Deine Arme um mich, eine Hand auf meinem Popsch.

Mein Großer, ich möchte dich bei mir haben. Neben mir, meine Finger in den deinen verschränkt. Dir beim Einschlafen zuhören. Mich beim Aufwachen an dich kuscheln. Dich »mei Zwiderwurzn« sagen hören. Mein Großer. *Mein* Großer. Ich möchte, dass du deinen Bauch an meinen Rücken drückst. Die Berührung spüren. Genießen.

Ich möchte, dass du sagst, das ist gut, das ist sehr gut, was du schreibst. Ich habe dich unterschätzt. Du bist viel besser, als ich gedacht habe. Komm zu mir, denn ich liebe dich. Ich habe es nur bis jetzt nicht gewusst.

Vielleicht ist dieser unerreichbare, schmerzlich ersehnte

Mann der Körper, der meine Vater-Sehnsucht stillen könnte. Zu ihm kann ich – in Gedanken – sagen: Du, ich vermisse dich, du, halt mich fest. »Papa«, das geht nicht. Da ersteht sofort dieses Gefühl von Eisgrau und Bleib-mir-vom-Leib, mir-graut-vor-dir. Um meinen Liebsten kann ich all die Tränen vergießen, die ich beim Tod meines Vaters nicht geweint habe. *Meine* Gefühle auch eisgrau, nichts von Traurigkeit, nichts von Bedauern. Ein Kältevorhang zwischen ihm und mir. Ein »Vater« war mein Vater, ein »Papa« nicht.

Amy

Gestern diese Filmdoku über Amy Winehouse. Zum Heulen. Vor allem die Sache mit ihrem Vater. Taucht in ihrem Leben auf, als sie anfängt, Erfolg zu haben. Treibt sie mit dieser unsichtbaren Peitsche. Sagt, nein, Entzug brauchst du keinen. Zu dem Zeitpunkt, als sie vielleicht noch hätte können das Ruder ihres verzweifelten Lebens herumreißen.

Dieses A... von Vater! Der hat sie ausgebeutet. Auf dem Altar seiner Gier geopfert. Und sie hat mitgespielt, weil sie sich so gewünscht hat, dass ihr Daddy sie liebt. Wie oft sie das sagt, in dem Film. Und klar, ich kenne das, kenne es so verdammt gut. Du willst, dass dich dein Daddy liebt. Dass er dir deine Haare aus dem Gesicht streicht. Und für dich lächelt. Für dich, seine Prinzessin. Dafür gehst du durch alle Höllen dieser Welt. Für diese Liebe tust du alles, aber auch wirklich alles. Bis du völlig am Ende bist.

Bei Amy das Konzert in Belgrad. Sie hat keinen Ton mehr gesungen. Sie hatte vorher x-mal gesagt, ich will nicht mehr »Back to Black« singen, ich will wieder Jazz-Sängerin sein, ich will meine Stimme nicht auf dem Altar der Geldvermehrung opfern. Und da war kein Daddy, der sie in den Arm genommen hätte und gesagt hätte, ja, meine Kleine, ich regle das für dich. Wir steigen aus dem Vertrag aus, ich mach das schon, du musst nicht mehr vor 50.000 Fans auf die Bühne, ich zieh dich aus dem Verkehr, du darfst wieder das tun, was du gerne tust, die sein, die du bist. Diesen Daddy gab es für Amy nicht. Ihrer war der mit der Peitsche. »Wir haben fünf Konzerte zugesagt, wir machen das.« Was natürlich heißt: *Du* machst das. Du gehst auf die Bühne, nackt und verletzlich. Er steht hinter der Bühne und zählt die Pfundnoten.

Das gierige Show-Business nur der Punkt auf dem i. Dem

hätte sie sich nicht opfern müssen, wenn ihr Vater ein Daddy gewesen wäre. Wenn er ihren Liebeshunger gestillt hätte. Anstatt sie für seine eigenen Zwecke zu missbrauchen.

Da ist eine Szene in der Doku, wo Amy einen Grammy bekommt. Sie steht auf der Bühne, mit dieser Trophäe in den Händen, hinter ihr das Team fällt sich gegenseitig in die Arme. Niemand geht nach vorn and hugs Amy, the winner, the girl with the great voice. Ihr Vater schon gar nicht. Der gratuliert als Letzter. Wie sie da steht, hinter dem Mikrofon, angeklammert an diese Statuette, allein. Eine Ewigkeit allein.

Sie sagt, sie sei nie sexuell missbraucht worden. Das braucht es auch gar nicht, um eine zarte Seele umzubringen. Die Peitsche, die Axt aus Gold, sie reichen völlig.

Pscht!!!

Was ich alles zerschlagen habe! In meinen frühen Jahren. Als ich noch mit meinem Mann zusammen war und unsere Tochter klein. Türscheiben, Suppenteller, Wassergläser. Zu Weihnachten einmal habe ich ihnen Topfenknödel nachgeworfen. Aber im Zielen war ich nie gut. Die Knödel haben die Rattantruhe getroffen. Klebriger Topfenteig an Rattan. Dieses Rezept hat mich geheilt. Fast. In den Stunden, in denen ich die Klumpen aus dem Geflecht gefitzelt habe, habe ich mir geschworen: Nie mehr wieder! Nie mehr Wutanfälle. Das muss anders gehen.

Natürlich habe ich vorher auch schon gewusst, dass Wut keine Lösung ist. Eher ein Problem. Ein großes. Diese ohnmächtige Wut, an der ich zu ersticken glaubte. Wenn das Kind wieder einmal, ohne zu fragen, meine Lieblingsohrringe genommen hat. Oder der Mann mein Märchenpuzzle aus Kindheitstagen verschenkt hat. *Mein* Puzzle, *Meine* Kindheitserinnerung! Vor meinen Augen hat er es getan und ich bin nicht in der Lage gewesen, zu sagen: »Nein, das kannst du nicht herschenken. Das gehört mir.« Kann man doch nicht, vor einem kleinen Kind. Deswegen musste ich nachher toben. Den Mann zur Sau machen. Der nur große Augen. »Pscht! PSCHT!!! Schrei nicht so.« Dann habe ich wohl wieder eine Tür zugeschlagen und es hat eine Scheibe daran glauben müssen.

Ich habe mir Hilfe gesucht. Der erste Tipp, den ich bekommen habe, war hilfreich: Wenn's gar nicht anders geht, auf einen Polster eindreschen. (Den muss man nachher nicht zum Spengler bringen.) Das habe ich getan. Und ich habe mir den Polster vor den Mund gehalten und in ihn hineingeschrien. Danach war ich immer fix und fertig und bin auf der Stelle eingeschlafen. Später habe ich versucht, das Toben wegzulassen und direkt zum Schlaf überzugehen, weil ein buddhistischer Mönch zu mir gesagt hat: schlafen statt wüten. Oder Bewegung, wenn schlafen nicht geht. Dann bin ich gelaufen, zum Höttinger Bild hinauf, in die Sillschlucht hinein. Habe den tosenden Bach angeschrien. Nach ein paar Tagen konnte ich nicht mehr gehen. Die Achillessehne hatte sich entzündet.

Ja, meine Suche nach einem Rezept gegen meine Wutausbrüche hat mich auch zum Buddhismus gebracht. Zum tibetischen, um genau zu sein. Ich hatte einmal die Abbildung einer richtig bösen Gottheit gesehen, Zähne fletschend, Schlangen zertrampelnd. Das ist gut, habe ich mir gedacht, wenn die sogar Gottheiten für die Wut haben, dann bestimmt auch ein Gebet, das hilft.

Und die Tibeter haben mir gefallen. Diese runden, lächelnden Mönche in ihren rot-gelben Gewändern, mit ihren bunten Gebetsfahnen, ihrer schmerzlichen Geschichte und ihrem schelmischen Umgang mit Verboten.

Ich habe also meine Beine in den Schneidersitz gezwungen, Mantras gesungen, Sadhanas gebetet, den Chörten im tibetischen Zentrum umrundet (im Uhrzeigersinn! Anders herum machen es nur die alten Bön – die Heiden, wie es auf Katholisch heißen würde) und habe hunderte Male die 108 Perlen meiner Mala heruntergezählt. OM MANI PADME HUM. Preis dem Juwel in der Lotusblüte.

Sogar Gastgeberin war ich, wenn Geshe-La in der Stadt predigte. Er hat tapfer und lächelnd meinen zähen Rindsbraten gegessen und mir eine schöne und schön klingende Klangschale geschenkt.

Und ich habe alle Weisheiten aufgesaugt, die die Gelehrten in ihren Vorträgen ausgeführt haben. Auch den Satz »Ein Moment der Wut zerstört alles positive Karma, das du angesammelt hast«.

So dramatisch hatte ich es bis dato nicht gesehen. Es war also höchste Zeit, meiner Wut endgültig den Garaus zu machen.

Irgendwie ist es mir gelungen, mehr oder weniger. Zumindest sind die Reparaturkosten für Glasscheiben drastisch zurückgegangen. Vielleicht einfach deshalb, weil die Menschen, die mich so wütend gemacht haben, weniger geworden sind. Von meinem Mann habe ich mich getrennt und das Kind ist erwachsen geworden.

Und nun fragt mich mein Psychiater ständig nach meiner Wut. Aber da ist keine. Da ist nur Traurigkeit. Und sonst gar nichts.

Druckkochtopf

Die Reha-Klinik hat den Charme eines katholischen Mädchenpensionats und über der Stadt hockt der Nebel. Die Senke, in der sie liegt, ist anfällig für Nebel, davor bin ich gewarnt worden. Gleich nach der Ankunft habe ich den ersten Termin, beim Allgemeinmediziner. Herz abhorchen, Blutdruck messen, ein paar Fragen beantworten.

»Und schreiben Sie mir einen Aufsatz. Lebenslauf, berufliche Laufbahn, Krankheitsverlauf und was Sie in den sechs Wochen hier erreichen wollen. Mit der Hand. Aber leserlich, bitte.«

Dann bin ich fürs Erste entlassen. Am nächsten Tag um acht alles Weitere.

Auf Station 1 soll es eine Waage geben. Der Doktor will wissen, wie viel ich wiege. Die übergewichtige Schwester flackt in ihrem Sessel.

»Gehen'S in den 3. Stock, da steht eine.«

»Danke. Und kann ich Ihnen meinen Aufsatz für den Arzt geben?«

»Auf keinen Fall.«

»Er wollte ihn heute noch.«

»Morgen früh auf Ihrer Station.«

»Danke.«

Fuck you.

Oh mein Gott, wo bin ich da gelandet? Hier soll jemand psychisch Kranker gesund werden? Von wegen »Man muss dem Körper Gutes tun, damit die Seele Lust hat, darin zu wohnen«. Billig und lieblos alles. Hässlich auch. Das Besteck aus dünnem Blech. Das wird beim ersten Schnitzel dem Uri

Geller alle Ehre machen. Zum Abendessen 4 Schinkenscheiben, ½ Essiggurke, ¼ Tomate, ½ (!) Scheibchen Salatgurke, ein angetrocknetes Senfhäufchen. In einem Saal mit mehr als 100 kranken Menschen (Ich habe gezählt!). Die Bibliothek: 13 Bücher. Exakt. Auf dem Zimmer kein Zahnputzbecher, kein Föhn und der TV-Screen so klein wie mein Notebook.

Und das Licht. Brauchen Depressive nicht Licht, Licht, Licht? Meinereins, jetzerten schon. Aber nein. Nur im Aufenthaltsraum ist es so hell, dass man lesen kann.

Wie soll ich da meine freie Zeit verbringen? Vorne die Ausfallstraße, hinten steiler Wald. Autos zählen? Auf dem Bett in die Luft schauen? Und die gottverdammten Schmerzen dazu.

Die Wut bricht aus wie Lava. Ich hasse sie; kenne sie zu verdammt gut. In meinem Kopf etwas gewaltig schief. Höllischer Druck auf den Augen. Ich hasse es, hasse es, hasse es. Die 125. Variante von Missbefinden.

In die Pölster schreien. Das dicke, rote Handtuch zum Strick drehen und dreschen. Auf die Matratze. Dreschen wie verrückt. Ist verrückt. Bin verrückt.

Alle paar Stunden eine halbe Temesta. Um zu überleben. Den Scheiß überstehen. Den inneren Scheiß ohne Namen.

Als Erstes verschiebe ich den Schreibtisch in meinem Zimmer so, dass ich genügend Licht zum Schreiben habe. Für meine Tagebuchnotizen will ich mich nicht in den Gemeinschaftsraum setzen. Und bei nächster Gelegenheit werde ich mir Tulpen kaufen.

Dann schaue ich mir ein bisschen die Umgebung an. Den Fluss entlang, bis zur nächsten Brücke. Das ist nicht weit. Soll ich hinübergehen, zum anderen Ufer? Dort scheint ein Park zu sein. Ja, warum nicht. Das Wasser wirkt nicht bedrohlich. Plätschert friedlich dahin. Möchte man gar nicht glauben, dass es voriges Jahr die halbe Stadt weggeschwemmt hat. Aber die Spuren sind noch deutlich zu sehen. Feuchte Mauern, geschlossene Geschäfts- und Lokalruinen. An der Klinikmauer ist der Pegelstand markiert: zwei Meter über mir. Nur einmal, 1300 irgendwas ,hat der Fluss diesen Ort noch tiefer unter sein Wasser gesetzt.

Denk da nicht dran. Die Brücke ist stabil, hoch über dem Wasser, mit zwei dicken Betonpfeilern im Boden verankert. Das ist kein schwankendes Brettergestell, über das dich dein Großer so gern hinüberzittern sieht. Unter dir ein wütend tosender Gebirgsbach.

Du gehst jetzt da hinüber. Drüben gibt es Bänke. Von dort kannst du zur Burg hinaufschauen, auf der du einmal mit ihm warst. Wenn du das heute schaffst, kannst du beim nächsten Mal zur Burg hinaufgehen. Geh! Was soll denn schon passieren? Die Brücke einstürzen? Der Boden reißen? Eine Wasserhand nach dir greifen? Denk nicht und geh!

Nicht nach links schauen, nicht nach rechts, nicht nach oben, nur auf den Boden. Der ist fest. Denk nicht an das Wasser darunter. Mächtiges Flusswasser. Ruhig nur in der Tarnung. Heischend hungrig, Opfer-durstig, hässlich gierende Wasserfratze. Mach Schritte, mach einfach Schritte.

Menschen. Kommen mir entgegen. Überholen mich. Soll ich jemanden bitten? Nein, gleich bist du in der Mitte. Oh mein Gott. Jetzt gibt es kein Entkommen mehr. Jetzt kann ich nicht mehr zurück. Ich muss weiter. Muss. Das Herz klopft im Kopf. Schweiß rinnt. Überall. Von der Stirn, von den Achselhöhlen, den Rücken hinunter, die Schenkel entlang, zwischen den Brüsten. Atmen! Atme!

Nur mehr ein Viertel Fluss. Nur mehr ein paar Schritte.

Gleich ist es überstanden. Fünf, vier, drei, zwei, einer. Du hast es geschafft.

Für den Rückweg nehme ich mir ein Taxi.

Das Programm für die bevorstehenden Wochen gibt es am nächsten Vormittag. Ich werde Musiktherapie machen, im Fitness-Studio Rad fahren und ein paar Geräte für Arme und Beine betätigen, mich ins Sprudelbad legen, an psychologischen Gruppensitzungen teilnehmen, basteln, in die Stadt gehen und mich vor einen Apparat mit weißem Licht setzen. Vielleicht würde auch noch Yoga oder Qi Gong dazukommen. Und natürlich mit der Psychologin sprechen. Einmal pro Woche.

Und wo kann ich mal die Sau rauslassen? Wo ist die Gummizelle, in der ich toben und brüllen kann? Anschreien gegen die Traurigkeit und die verdammte Wut?

Erinnert mich an die Klosterschule, das hier. Ja, wie im Halbpensionat in der Volksschule. Da war das Essen auch so grauslich. Und man hat immer aufessen müssen. Auch wenn's so grausig war, dass eine in den Teller gespieben hat. Die Arme ist dann so lang gesessen, bis der Teller leer war. Ist mir Gott sei Dank nie passiert. Am Freitag Stockfisch, das war überhaupt das Schlimmste. War immer froh, wenn die nette Schwester Aufsicht hatte. Die gab mir nur ein winzig kleines Stückchen von dem Fisch. Und das ungesalzene Brot! Auch immer freitags. Wenigstens zwingt mich hier niemand zum Essen. Und wenn ich die Schnauze voll habe, geh ich in das Restaurant nebenan.

In der ersten Gruppensitzung halte ich mich zurück. Ich antworte kurz, wenn ich etwas gefragt werde, und mustere die Leute um mich herum.

Ich fühle mich wie ein Kelomat kurz vor dem Explodieren. Ist es der Blutdruck oder weil ich so ein Arsch bin? Wie mir diese Trottel hier auf die Nerven gehen. Schon allein, wie sie reden! Piefke-Deutsch, hochnäsiges Salzburg-Deutsch, Oberösterreicherisch und Steirisch bis zum Abwinken. Und ich kann nicht einmal wütend auf die Matratze eindreschen, weil die Nachbarn hören vermutlich sogar das Kratzen meiner Feder auf dem Papier. Der Von-Psyche-nix-verstehen-Doktor hat mich sicher schon als suizidgefährdet abgespeichert. Weil ich gesagt habe: Auto fahren tu ich im Moment nicht, weil ich mir nicht traue. Der lässt mich sicher knebeln, niederspritzen und in der Zwangsjacke verwahren. Ich will sofort nach Hause!

Im Rauchereck Prolo-Machos und Krüppel der körperlichen und seelischen Art. Im Ententeich halb verweste, angeknabberte, tote Fische. Am Uferweg Müll und totes Gestrüpp. Am Mittagstisch Menschen. Jeden einzelnen könnte ich fotzen. Einfach für das, wie er ist. Jammrig, jämmerlich, ego-fixiert, beschränkt im Denken, unvollständig im Zuhören, Blut saugend, beklommen, hyperaktiv. Alle irgendwie ich. In meinem Teich der stinkenden, toten Fische.

Die Stadt ist auch in den nächsten Tagen grau und neblig und ich nehme mir vor, es in meinem Kalender zu vermerken, sollte einmal die Sonne scheinen. Ich rufe meine Therapeutin in Innsbruck an und erzähle, wie schrecklich es hier ist. Dass ich es so bereue, hier gelandet zu sein anstatt in der Burnout-Klinik zu Hause.

»Halten Sie noch ein paar Tage durch und dann entscheiden Sie sich. Natürlich können Sie abbrechen, wenn es Ihnen nicht guttut.«

Ich entscheide mich fürs Durchhalten. In sechs Wochen

kann viel passieren. Vielleicht auch Dinge, die mich weiterbringen.

Traum

Ich steche Menschen ab. Schweineähnliche Menschen.
Nackte, weiße, fette Leiber. Ramme ihnen ein langes
Messer zwischen die Rippen. Ganz bewusst der letzte,
tödliche Stich. Dann zünde ich das 13. Stockwerk an.

Am Ende der Woche hat mich noch immer niemand gefragt,
wie es mir denn gehe. Erste Stunde bei der Psychologin.

Na, die wird mich wohl fragen.

»Guten Tag. Nehmen Sie Platz ... Waren Sie schon die Stadt
anschauen?«

»Nein. Ich schaffe es nicht über den Fluss.«

»Warum das?«

»Ich bekomme Panik, wenn ich über die Brücke gehe. Ich
habe es am Anfang einmal versucht, aber ich bin gescheitert.«

»Dann müssen Sie in Ihrer Gruppe um Hilfe bitten. Dass
jemand mit Ihnen über die Brücke geht.«

»Ich werd's versuchen.«

»Bevor wir weitermachen, muss ich die Sache mit dem
Tisch in Ihrem Zimmer ansprechen. Das war Thema in der
Team-Besprechung. Die Schwester hat Sie darauf hingewiesen, dass es verboten ist, den Tisch zu verrücken ... Warum
lachen Sie jetzt so? Sie lassen mich nicht ausreden.«

»Wie lache ich denn?«

»Abwertend.«

Dieses Lachen, das kenne ich gar nicht von mir. So zynisch, höhnisch.

»So hat mein Vater gelacht. Ich habe es gehasst. Aber es ist doch auch lächerlich. Ich habe den Tisch um 40 Zentimeter verschoben, weil das Licht im Zimmer so schlecht ist und ich manchmal schreibe. Und ich habe ihn nicht wieder zurückgerückt, weil die Schwester gemeint hat, ich könnte den Boden zerkratzen. Und jetzt muss ich in *meiner* Stunde über diesen blöden Tisch reden. Eine Stunde, in der es um *mich* gehen sollte. Sie haben mich nicht einmal gefragt, wie es mir geht. *Das hat mich hier noch keiner gefragt.* Das ist ein Witz! Und zwar ein schlechter. Sagen Sie es doch der Klinikleitung, die sollen mich vorladen.«

»Das werde ich tun.«

»Herrliche Schlagzeile in eurem Lokalblattl. ›Patientin von Reha ausgeschlossen, weil sie Tisch verschob.‹ Die Medien lieben so etwas. Das weiß ich. Ist mein Metier. Der ver-rückte Tisch ist im Team besprochen worden. Haben Sie dort keine anderen Sorgen?«

Was red ich denn da? Wie red ich denn mit der Frau Psychologin?

»Wie fühlen Sie sich jetzt?«

»Ich fühle mich, als würde man mich rausschmeißen wollen.«

»Das ist Ihre Fantasie.«

»Sag ich ja. Ich habe das Gefühl.«

»Sie drücken sich oft nicht deutlich aus. Das ist mir schon aufgefallen, auch in der Entspannungsgruppe. Und wenn man nachfragt, werden Sie ärgerlich. Für Sie gibt es nur Schwarz und Weiß. Seien Sie doch mal grau.«

Grau! Ich glaub's nicht. Grau soll ich werden! Das ist ja

wohl das Letzte. Ich will bunt werden, nicht grau. Was ist denn das für eine Therapie? Und zu der soll ich jetzt jede Woche hingehen?

Traum

Leonard Cohen singt für mich. Ein neues Lied, das ich noch nicht kenne. Das noch niemand kennt. Er ist aus Kanada angereist, für einen Besuch bei mir und eine Reise in die Vergangenheit. Eine Vergangenheit, die nicht nur vorbei ist. Leonard Cohen singt für mich. An meiner Seite.

Frau Hitt zu tief in den Ausschnitt geschaut

So so, der Blutdruck ist es also. Die Werte himmelhochjauchzend. Hatte ich doch schon einmal. Habe gedacht, ich wäre gut eingestellt.

»Vielleicht liegt es ja an einem der Psychopharmaka, die Sie nehmen«, sagt der Doktor. »Warten Sie einen Augenblick.«

Während er den Bildschirm seines Computers studiert, denke ich nach. Cymbalta nehme ich schon lange. Da war nie etwas. Was habe ich neu dabei? Eigentlich nur das Wellbutrin.

»Ja«, sagt er, »das Wellbutrin könnte Ihnen zu schaffen machen. Das ist bekannt dafür, den Blutdruck zu erhöhen. Manchmal schwerwiegend. Besprechen Sie das zu Hause mit Ihrem Psychiater. Fürs Erste überwachen wir Sie hier engmaschig, und wenn es nicht besser wird, müssen wir das Bisoprolol erhöhen. Lassen Sie Ihren Blutdruck eine Woche lang dreimal täglich messen.«

Was hat mir mein Drogenonkel da verschrieben? Er hat doch gewusst, dass mein Blutdruck … Keinen Ton hat er gesagt. Von wegen »häufige Nebenwirkung, manchmal schwerwiegend«.

Oh fuck it. Ich hab's so satt, die brave Patientin zu sein, alles schlucken, was man mir aufschreibt.

Fuck it. All das Vertrauen in Ärzte und andere Götter. Fuck die Medikamente, die dich fast umbringen. Fuck all das Aufpassen. Nicht rauchen! Es könnte dich umbringen. Keinen Alkohol! Er könnte sich mit deinen Tabletten nicht vertragen. Nicht so schnell fahren! Du bringst dich noch um. Die Tabletten nicht einfach absetzen! Das ist gefährlich.

Lass den Scheiß einfach weg. Hast ja eh nichts davon gehabt. Heulen und traurig sein kannst du ohne Psychochemie auch. Besser sogar.

Das mache ich. Auf eigene Verantwortung. Das Wellbutrin einfach absetzen. Nichts passiert. Nicht einmal der Blutdruck sinkt deutlich. Muss wohl andere Gründe haben. Vielleicht die eine oder andere Erinnerung? An diesen Sonntag im Juli 1971 zum Beispiel. An dem mein Vater früh aufgebrochen ist.

Zwei Freunde hatten ihn abgeholt. Das Wetter war perfekt, um den lang geplanten und ersehnten Überland-Flug zu machen. Sonnig, windstill. Perfekt die Thermik, um sich an der Flanke des Brandjochs hinaufzuschrauben, bis die Höhe erreicht war, von der aus man über die Berge nach Salzburg segeln kann. Die beiden Freunde würden meinen Vater beim Starten helfen und dann mit dem Anhänger nach Salzburg fahren, um Pilot und Flugzeug wieder nach Hause zu bringen.

Ich half meiner Mutter beim Kochen, wusch gerade Salat, als es an der Tür läutete. Sie ging, um zu öffnen, und ich hörte Männerstimmen. Dann Stille. Dann das Klack des Türschlosses. Ma kam in die Küche, langsam, und ging nicht zurück zum Herd. Sie sank auf die Tischbank und sagte nichts. »Was ist?«, fragte ich und schaltete zur Sicherheit die Herdplatte aus, auf der die Pfanne mit dem Fleisch stand. »Dein Vater ist verunglückt«, sagte sie, leise. »Er liegt auf der Intensivstation.«

Der Windenstart hatte bestens geklappt und die Thermik entlang der Bergflanke war tatsächlich so gut gewesen wie erhofft, das Hinaufschrauben ein Kinderspiel. Vaters Begleiter standen vor dem Hangar und beobachteten das Flugzeug, das Meter um Meter an Höhe gewann. Und plötzlich in

Schieflage geriet. »Mensch, was ist denn da los?«, rief einer und holte seinen Feldstecher vor die Augen. Das Flugzeug sauste mit der Nase voraus auf den Berg zu und bohrte sich in den Wald.

Die beiden Wanderer, die im Wald unterhalb der steilen, felsigen Brandjochkante am Weg waren, hatten das Flugzeug bei seiner Aufwärtsspirale immer wieder gesehen. Das feine Pfeifen des leichten Metallvogels hatte sie auf ihrem Weg zum Achselkopf begleitet. Plötzlich war der Ton scharf geworden und kurz darauf mit einem dumpfen Krachen abgebrochen. Die beiden hatten sich angeschaut, »das muss ganz in der Nähe sein«, hatte sie gesagt. Sie gingen in die Richtung, in der sie den Absturz vermuteten, und als sie aus dem Wald auf eine Lichtung kamen, sahen sie den Vogel, der mit gebrochenen Flügeln in der Wiese lag.

»Wenn die beiden nicht sofort Erste Hilfe geleistet hätten, hätte Ihr Mann nicht überlebt«, sagte der Arzt in der Klinik. »Die haben das ganz hervorragend gemacht. Das Flugzeug hat sich mit vollem Karacho in den Boden gebohrt. Er ist mit der Stirn auf das Armaturenbrett geprallt, er hat sich das Becken und einige Rippen gebrochen und seine Knöchel sind Brösel. Ob er je wieder wird gehen können, wissen wir im Moment noch nicht, und was die Verletzung am Kopf mit ihm anrichten wird, können wir auch nicht genau sagen. Aber er wird ein anderer Mensch sein. Entweder ein Lamperl oder ein Choleriker.«

Als wir Vater das erste Mal besuchten, war er von den Schultern bis zu den Zehen eingegipst, sein Kopf in einem dicken Verband versteckt. Er murmelte etwas vor sich hin, seine Augen irrlichterten durch den Raum, und plötzlich fing er zu singen an. »Die Frau Hitt, die Frau Hitt, die zeigt mir ihren Busen nit. Zeigt mir ihren Busen nit, die Frau Hitt.« Er lachte grell. »Hab ihm wohl zu tief in den Ausschnitt geschaut, dem steinernen Weib.« Und plötzlich schaute er uns an. Von meiner Schwester zu mir, mit einem harten Blick. »Wer seid's denn ihr?«, sagte er nach einer Weile. »Deine Töchter«, sagte Mama und klammerte sich an das Bettgestänge. Er verzog seinen Mund zu einem höhnischen Grinsen. »Meine Töchter ...« Er wandte die Augen ab, sah hinaus in den hellen Nachmittag, »... Hurentöchter.«

Das war der Auftakt. Sein Verhalten wurde nicht besser. Er beflegelte die Krankenschwestern, grapschte nach jedem Busen, der ihm nahekam, schrie meine Mutter an, beleidigte die Zimmernachbarn. Wir Kinder durften ihn nicht mehr besuchen. »Frontale Enthemmung« nennt man das, habe ich vor Kurzem von meinem Psychodoktor erfahren. Durch den Aufprall auf dem Armaturenbrett war der vordere Teil des Gehirns beschädigt worden, jener Bereich, der Triebe und Emotionen kontrolliert, damit sie sozial verträglich sind.

Nach acht Monaten kam Vater wieder nach Hause. Etwas steif in den Fußgelenken, aber gehfähig. Mit einer tiefen Delle zwischen den Augen, von einer Blutkruste überzogen. Er hatte sich geweigert, die Verletzung operieren zu lassen. Der schöne Mann. Der leidenschaftliche Bergsteiger. Der Charmeur aller Hütten nördlich und südlich der Stadt. Nichts davon war mehr da. Seine Augen waren eiskalte Pfeile geworden, sein grelles Lachen vergiftete die Wohnung. Die Hand, die ihm früher schon manchmal ausgekommen war, hinterließ jetzt tiefblaue Flecken auf meinen Oberarmen. Ich konnte keinen Speck mehr essen, keine Moosbeernocken, nichts, das aussah wie die Kruste über seiner Nase.

Und eines Morgens roch ich den Frühstückskaffee nicht mehr. Als meine Mutter die Scheidung einreichte, hatte ich meinen Geruchssinn vollkommen verloren.

Er kam nie wieder zurück.

Schreib's auf!

Als ich in den Turnanzug schlüpfte, sah ich die zwei großen blauen Flecken an meinem Oberschenkel. »Was ist denn da passiert?«, fragte die Turnlehrerin. »Ich weiß nicht. Vielleicht, weil ich heut beim Aufstehen am Bett angestoßen bin.«

In Wahrheit war es Vaters Krücke gewesen. Irgend so etwas hatten wir jetzt ständig. Dass er allerdings mit der Krücke auf mich losging, war noch nie vorgekommen. Meist waren es einfach Ohrfeigen. »Sitz gerade!« Patsch. »Gegessen wird, was auf den Tisch kommt.« Patsch. »Du hast einen Dreier in Englisch?« Patsch. »Was hast du mit Daniel in der Baumhütte zu suchen?« Patsch. »Steh nicht so krumm! Bauch hinein und Brust heraus.« Patsch.

Meine Mutter sagte: »Schreib's dir auf. Schreib dir alles auf, was er dir antut. Vielleicht zieht das beim Scheidungsrichter mehr.« Sie behandelte er ja auch so. Nein, schlimmer. Ma war sogar einmal in die Klinik gefahren wegen einer Verletzung. Das Attest hatte sie dem Richter bei der ersten Verhandlung vorgelegt. »Manche Frauen brauchen das, damit sie mögen«, war sein Kommentar gewesen. »Aber wenn er euch Kindern etwas antut, ist das etwas anderes.«

Ich glaube, es war nicht nur der Unfall, der meinen Vater so gemacht hat. Samthandschuhe waren in seiner Familie sicher nicht das gängigste Kleidungsstück gewesen. Dass mein Vater am Achselkopf überlebt hatte, verdankte er nicht nur ausgezeichneter Erster Hilfe, sondern auch seiner »eisernen Konstitution«, wie es ein Arzt formulierte. Einer Konstitution, die aus den Bergen kam. Mein Vater machte lange Touren, hoch hinauf. Als ich größer war, nahm er mich manchmal mit und machte sich einen Spaß daraus, mich mit seiner 8-Millimeter-Kamera zu filmen. Besonders, wenn ich schon völlig erschöpft war. Dann hängte er mir seinen schweren Rucksack um und sagte: »Geh!«

Am Rande des Wahnsinns. Hyperempfindlich und müde. Nerven verlieren bei Winzigkeiten. Im Zimmer bleiben, weil keine Garantie für nichts. Keine Garantie, dass ich nicht beiße oder kratze, spucke, hacke, Feuer speie.

Wenn ich das Auto hierhätte. Mit 180 auf einen Betonpfeiler zu. Blechfetzen fliegen. Brust aufs Lenkrad, volle Wucht. Kopf durch die Windschutzscheibe. Kein Leiden mehr. Nie mehr. Und aufräumen müssen die anderen.

Möchte schlafen und aufwachen gesund. Ganz. Heil. Kräftig. Friedlich. Messerscharf wach. Wolleweich liebend. Strahlend geliebt. Kreativ erfolgreich.

Allein. Verdammt allein. Trotz allem, was da Betreuung heißt. Psychiater, Therapeutin, Freundinnen, Familie, Klinik, Gruppe. So, so, so allein. In dieser Wut, diesem Aus-der-Haut-Fahren, Sich-Häuten, Entpuppen. Schmerzt es den Schmetterling auch, wenn sein Kokon aufbricht? Im TV-Zeitraffer sieht es so aus. Schmerzhaft. Und dann dieser himmlisch schöne Falter. Mit seinen Farben und Mustern. Der Feinheit seiner Flügel, seines Flügelschlags. Dem Himmel entgegen schwebt er. Das enge Korsett hängen lassend am Baum der Entpuppung. Wo es verdorrt und zu Staub zerfällt.

Passt eh

Die Woche beginnt immer mit der sogenannten »Tagesstruktur-Gruppe«. Hier wird auch die von mir so ersehnte Frage nach dem Befinden gestellt. Wie geht es Ihnen heute? Was haben Sie am Wochenende gemacht? Was hat sich in der vergangenen Woche bei Ihnen getan? Haben Sie irgendwelche Veränderungen an sich bemerkt? Während die eine in Tränen ausbricht, weil sie sich am Sonntag mit ihrem Mann gestritten hat, und der andere erzählt, dass sein Hautausschlag wieder zurückgekommen ist, nachdem er mit seiner Frau telefoniert hat, gibt es einen, der immer lakonisch bleibt. »Passt eh«, sagt Kollege Patient, egal, welche Frage ihm die Therapeutin stellt. »Wie geht es Ihnen?« – »Passt eh.« »Wie haben Sie heute Nacht geschlafen?« – »Passt eh.«

»Passt eh« ist bald zum geflügelten Wort geworden. »Was machen deine Schmerzen?« – »Passt eh.« »Hast du Lust auf eine Partie Tischtennis?« – »Ja, passt eh.«

»Passt eh«, sage ich bei der Arztvisite.

»Hat sich etwas getan? Sie wirken nicht mehr so verschlossen.«

»Ich hab grad so lachen müssen. Ich war beim Masseur und der hat sich so gefreut, jemanden aus Tirol da zu haben. ›Frau‹, hat er gerufen, ›kumm her, da is eine, die Speckknödel sagen kann. Mit kkkkkchchch.‹«

Die Ärztin lacht. »Sie schauen also ein bisschen mehr auf sich. Gönnen sich eine Massage. Sonst auch noch etwas?«

»Essen war ich einmal, im Restaurant über der Straße. Mit einem Patientenkollegen. Das war nett. Ja, und ich freu mich, dass der Espresso in der Cafeteria gut ist. Ist ja nicht selbstverständlich ...«

»Waren Sie auch schon mal im Städtchen? Hier sind Panikattacken notiert. Sind die noch aktuell?«

»Ja, schon. Aber ich werde schauen, ob ich jemanden finde, der mich begleitet.«

»Das ist eine gute Idee ... Kennen Sie Irvin D. Yalom?«

»Nein?«

»Den müssen Sie unbedingt lesen. Der ist bestimmt etwas für Sie. ›Und Nietzsche weinte‹. Warten Sie, den schreib ich Ihnen auf. Dann nehmen Sie einen der starken Männer in Ihrer Gruppe und gehen mit ihm in die Buchhandlung. Gibt es als Taschenbuch.«

»Nett von Ihnen. Werd ich machen.«

»Schauen Sie, da ist der Zettel. Noch eine letzte Frage. Wie geht es Ihnen mit Ihren Zielen für die Reha? Sie haben angegeben, Sie möchten zwei Dinge klären: Ihre Beziehung und die Arbeitssituation ...«

»Ja ... Da bin ich noch dran. Ist schwierig.«

»Nicht aufgeben! Sie haben ja erst Halbzeit.«

»Mach ich.«

»Bis nächste Woche dann.«

»Wiederschauen.«

Draußen vor der Tür warten sechs Patientinnen. Die Klinikchefin hat eine gute halbe Stunde mit mir geredet. Für gewöhnlich dauert die Visite zehn Minuten. So werden die Termine auch eingeteilt. Was für eine bevorzugte Behandlung für mich!

Passt eh. Ich bin halt was Besonderes ...

Valentinstag

Auf dem Parkplatz ein schwarzer Peugeot. Wie der von meinem fernen, großen Mann. Ach, wenn er doch. Wenn er doch käme. Es hat keinen Sinn, ihn anzurufen. Offenes Messer, geschliffene Klinge. Wenn er zu Besuch käme. Drei Atemzüge Glück. Solange er mich umarmt. Ich ihn in meinen Armen habe. Dann irgendeine Bemerkung, die die Schleusen öffnen würde. Mein großer Mann. Großer Mann. Nicht mehr meiner. Oder?

»Alles Gute zum Valentinstag, Großer.«

»Danke. Bist du schon wieder daheim?«

»Nein, zwei Wochen noch. Aber ich denke oft an dich.«

»Das sollst du nicht. Du sollst an Mahler denken.«

»An Gustav Mahler?!

»Ja, an irgendwen halt. Nicht an mich.«

Scheiße, scheiße, scheiße! Ich hab doch gewusst, dass ich ihn nicht anrufen soll. Was soll der Scheiß mit Mahler??

Traum

Er sitzt neben mir vor dem Fernseher. Er liest, ich liege, die Augen geschlossen. Strecke meine Hand nach ihm aus. Seine Hand kommt meiner entgegen. Gold-behaarte Männer-Hand. Versuche, sie mit meinen Lippen zu berühren. Komme nicht recht hin. Da war doch was. Ja. Er hat sich von mir getrennt.

Ton.Kunst

In der Basteltherapie werden allmählich die ersten Produkte fertig. Ich habe die ganze Zeit getöpfert, keinen Korb geflochten, keine Servietten ausgeschnitten und auf Papiersäckchen geklebt, keine Mosaike gekleistert. Mein erstes Werk war ein Mond, der gut zur tönernen Sonne neben meiner Wohnungstür passen würde, die ich mir in Elba gekauft habe, während der verschnupfte Mann in einer Zündholzschachtel von Seilbahn auf einen Berg gefahren ist.

Wenn er denn gelänge, der Mond. Ein bisschen kindisch schon. Ein flacher Kreis, in den ich Augen, Nase und Mund hineingeritzt habe. Die Sonne aus Elba wird daneben nicht verblassen. Und dafür habe ich vier Stunden lang Skizzen gemacht! Aber es war schön und beruhigend, mit dem weichen Bleistift Striche aufs Papier zu machen.

Dann habe ich mich an einer Vase versucht. Das macht man so, im therapeutischen Werken. Glaube ich. Jedenfalls gab's in der Töpferabteilung unserer Gruppe niemanden, der keine Vase gemacht hätte. Mit den bloßen Händen, nicht mit Töpferscheibe. »Wow, wie dünn du die Wand zusammengebracht hast«, hat der Werkmeister gesagt, »alle Achtung.«

Danach ist es interessant geworden. Was nämlich auch zum Pflichtprogramm im Anstaltstöpfern gehört, sind Aschenbecher. Und nachdem mir ein normaler Aschenbecher zu langweilig vorgekommen ist, habe ich mir überlegt, einen Schwan zu basteln. Mir ist der Aschenbecher eingefallen, den ich zu Hause habe: ein stilisierter Schwan aus Schmiedeeisen. Den verwende ich gern. Der ist praktisch und hat noch jeden Wutausbruch von mir unbeschadet überstanden. So etwas könnte man doch auch aus Ton machen. Müsste bei Wutausbrüchen halt außer Reichweite sein. Beim ersten plage ich mich sehr und er gerät etwas klobig, mit einem viel zu langen Hals. Aber der zweite ...! Mit dem bin sogar ich zufrieden. Er ist zart geworden, mit passenden Proportionen und einer Anmutung von Federkleid. Er ist zum Tagesgespräch in der Klinik geworden. Leute, mit denen ich noch nie geredet habe, sprechen mich darauf an. Meine letzte Tat in der Werkgruppe ist es, den ersten Schwan schwarz, den zweiten weiß zu glasieren. Passend zu dem Verhalten, das mir die Psychologin angekreidet hat.

Im abschließenden Arztbrief klingt das so:

> Die Patientin nahm regelmäßig an allen Aktivitäten der Ergotherapie teil. Während ihres Aufenthaltes zeigte sie sich anfangs sehr zurückhaltend, wirkte erschöpft und traurig und vermied den Kontakt zu Patienten und Therapeuten. In der Werkgruppe stellte sie immer sehr hohe Ansprüche an sich und ihre Werkfähigkeiten, sodass sie oft unzufrieden mit sich selbst und ihren Ergebnissen war.

> Sie gestaltete eine Tonvase und zwei Aschenbecher, die sehr gelungen erschienen. Die ersten Versuche verwarf sie, weil sie damit nicht zufrieden war. Im Verlauf wurde die Patientin stabiler; sie wirkte weniger distanziert und ließ sich das eine oder andere Lächeln abringen.

> Ihre Kommunikation in der Gruppe und zu den Therapeuten war stets zurückhaltend und adäquat.

Dienstags Musiktherapie. Ein Raum voller Musikinstrumente. Trommeln aller Art, Rhythmusgeräte, Rasseln, Xylophone, Gitarren. Und ein Klavier. Wir sollen uns ein Instrument aussuchen und dann einfach drauflos spielen. Ohne zu versuchen, etwas richtig zu machen oder »Musik« zu machen. Den Klang des Instruments genießen, das Gefühl.

Musikinstrument habe ich noch nie eines in der Hand gehabt. Nein, stimmt nicht. Als Jugendliche hatte ich eine Mundharmonika. Schreckliches Teil. Soll ich mich ans Klavier wagen? Ich hätte so gern Klavier spielen gelernt als Kind, aber das war finanziell nicht drin. Die Kosten für Instrument und Unterricht. Bekam ich also eine Mundharmonika. Warum meine Schwester ein Jahr später mit Querflöte anfangen durfte, ist mir bis heute ein Rätsel. Wahrscheinlich war sie begabter.

Ja, ich setze mich ans Klavier. Warum denn nicht? Mal eine Taste anschlagen, hören, wie das tönt. Dann ein anderer Ton und noch einer und drei schnell hintereinander und dann srrrrrmmm die Finger über die Tasten sausen lassen, vom hohen C zum tiefen. In meinen Fingern kribbelt es. So fühlt sich ein Klavier an! So tönt es unter meinen Fingern! Ah, jetzt höre ich, was die anderen spielen, sie haben einen Rhythmus gefunden; in den klinke ich mich ein. Laut und leise, schnell und langsam, was die Hände spielen wollen. Mein Kopf hat dabei gar nichts zu sagen. Und allmählich wachsen die Trommeln und Rasseln und Gitarren zusammen und mit dem Klavier klingt es auf einmal wie Musik.

»Wie ist es Ihnen ergangen, in dieser ersten Session? Ihr Klavier hat richtig fetzig geklungen.«

Die Tränen schießen hoch.

»Es hat mich daran erinnert, wie sehr ich mir als Kind ein Klavier gewünscht habe. Es ist so gemein, dass ich das nicht hab lernen dürfen.«

»Ja, man sieht Ihnen an, Sie sind berührt. Man kann auch in Ihrem Alter noch damit anfangen. Tun Sie das doch.«

In den vier oder fünf Stunden, die ich mit den Musikinstrumenten habe, probiere ich fast alle aus. Es ist lustig, ein Xylophon anzuschlagen oder Gitarrensaiten zu zupfen, allerdings gilt auch hier – wie in der ganzen Klinik – piano, pianissimo! Lautes Trommeln ertragen einige in der Gruppe nicht und auch die Ohren der Therapeutin sind dem nicht zugetan.

Schade. Wenigstens hier ein bisschen Temperament ausleben, wäre schon cool. Aber das ist nicht. Ab und zu ein paar laute Töne am Klavier erlaube ich mir trotzdem.

Vincero! Vinceeeeeero!

Beim Rauchen.

»He, heute seh ich dich zum ersten Mal lachen. Freut mich, dass es dir besser geht.«

»Echt jetzt?«

»Ja, man hat dir angesehen, dass es dir besch... na, halt ... schlecht geht. Aber ich mag dich.«

»Mich, die Krätze?«

»Du bist keine Krätze, du bist nur sehr direkt. Ich mag das. Diese falsche Freundlich-Tuerei im Job geht mir so was von auf den Geist. Und wenn du einmal etwas sagst – was ja nicht sehr oft der Fall ist –, dann ist es ... klug.«

»Klug?«

»Und du hast Humor. Ein bissl einen sarkastischen. Der ist gut.«

»Magst eine Zigarette? Auf das hin. Ich bin platt. Ich hab gedacht, ich hab für immer ausgschissen bei euch.«

Bei der Psychologin.

»Ein paar Leute mögen Sie. Nehmen Sie das wahr?«

»Nun ja ... Woher wissen Sie das?«

»Das haben die mir persönlich gesagt.«

»Andere reden über mich, in ihrer Stunde bei Ihnen?«

»Ja. Weil sie Sie bewundern.«

»Wofür bitte? Was gibt es an mir zu bewundern?«

»Denken Sie einmal nach. Haben Sie keine Idee?«

»Nicht wirklich.«

»Wirklich nicht?«

»Tja ... Vielleicht weil der weiße Schwan so süß geworden ist. Auf den haben mich ein paar Leute angesprochen.«

»Sonst nichts?«

»Nein. Sagen Sie es mir.«

»Ihr Mut. Sie haben offensichtlich oft Sachen ausgesprochen, die sich andere nur gedacht haben. Und nicht den Mut hatten, sie auszusprechen. Zum Beispiel Ihre Panik auf der Brücke. Sie haben ja meinen Rat befolgt und es in der Gruppe thematisiert. Erfolgreich, oder?«

»Ja schon. Der Kollege, der immer ›passt eh‹ sagt, ist dann mit mir gegangen. Ich hab mich bei ihm eingehängt und er hat mich praktisch hinübergezogen. Aber so schwierig ist es doch nicht, so etwas anzusprechen.«

»Stellen Sie mal Ihr Licht nicht so unter den Scheffel, Frau Künstlerin. Machen Sie sich klar, was Ihnen alles gelungen ist, wie Sie sich verändert haben. Das spüren Sie doch selber auch, nicht?«

»Ja doch. Doch, doch.«

Bei der Arztvisite.

»Nun ... Morgen geht es wieder nach Hause. Haben Sie Ihre Ziele erreicht?«

»Nicht ganz. Aber eines ist mir klar geworden: Den Job kann ich nicht mehr machen. Der macht mich krank. Ich werde etwas anderes tun. Ich habe hier in der Klinik ja die Erfahrung gemacht, dass ich mehr kann als Fragen zur Rechtschreibung beantworten. Dass ich doch ein paar Talente habe. Und wenn ich tue, was ich mag – und kann –, dann gelingt es auch. Politik gehört nicht dazu. Ich bin zuversichtlich, dass sich etwas Neues auftun wird und ich dabei erfolgreich sein werde.«

»Klare Worte, gratuliere! Ich traue Ihnen das auch zu. Machen Sie weiter so. Und suchen Sie sich eine Gruppe. Da erfahren Sie auch viel über andere Berufe. Ich wünsche Ihnen alles, alles Gute.«

»Danke! Und tschü, wie man hier sagt.«

»Machen Sie's gut.«

Beim Einschlafen.

Ja, es hat sich gelohnt, durchzuhalten. Ein paar Sachen habe ich doch gelernt:

1. dass ich jemand bin, noch bevor ich irgendeine Leistung erbracht habe
2. wie es sich anfühlt, ohne Maske unter Menschen unterwegs zu sein
3. dass ich (zuerst) auf mich hören kann, ohne dass es dafür Schläge gibt
4. dass mich Musik sehr berührt und bewegt
5. dass ich mit Geduld und meinen Händen schöne Dinge produzieren kann

Traum

Mit dem Zug in Frankreich unterwegs. Die Strecke führt von einem Tal ins nächste. Tiefe Schluchten, klares Wasser, Felsen, Enge, Bäche. Keine Angst. Wundere mich nur, dass Frankreich in dieser Gegend so wild ist. Nach einem Tunnel stürzen Felsbrocken ins Tal. Riesige Steine, hausgroß. Füllen das Tal, hocken hinter dem Tunnelausgang.

Verlegen die Bahntrasse aber nicht. Der Zug wird schön vorbeikommen. Wenn die Soldaten ausgestiegen sind. Um zu kämpfen? Die Felsen wegzuräumen? Ein paar bleiben im Zug. Einer, schlank, legt mir seine Hand aufs Herz. Dann küsst er mich. So ist Liebe. Und ich muss gar nichts dafür tun.

Zu erledigen

Innsbruck ist die schönste Stadt der Welt. Nach sechs Wochen Nebel und Grau in dem Kaff am gierigen Fluss weiß ich das. 42 minus viereinhalb Tage ohne Sonne. Da bekommt sogar jemand wie ich Sehnsucht. Für meine erste Zigarette nach der Reha stelle ich mich auf die Veranda meiner Wohnung und sage mir laut die Farben der Landschaft vor: Himmel-blau, Schnee-weiß, Gras-grün, Forsythien-gelb und Baumstamm-braun. Kann man gelten lassen nach all den Grautönen.

Und jetzt mache ich mich an die Arbeit. Drei Dinge sind zu erledigen:

1. Meinen Job aufkündigen
2. Die Wohnung entrümpeln
3. Mit dem großen Mann reden

Ich werde mit Punkt 2 anfangen. Das Kind ist endgültig außer Haus, ich habe freie Hand. Ich werde mich nur mehr mit Dingen umgeben, die ich liebe. Na ja, »lieben« in diesem Zusammenhang ist wohl nicht der richtige Ausdruck. Sagen wir, ich umgebe mich nur mehr mit Sachen, die ich mag. Dann habe ich auch kein Problem mit der Werkzeugkiste. Hammer und Spachteln »lieben« tu ich nicht, aber ich mag sie, weil sie mir oft gute Dienste leisten.

Nach Themen vorgehen, nicht nach Zimmern, sagt Frau Magic Cleaning. Zuerst das Gewand. Das ist bald erledigt, ich bin keine große Horterin.

Nun die Bücher. Für germanistische Verhältnisse ein mickriger Bestand. Ich schaue sie trotzdem durch, der Platz im

Regal ist knapp geworden. All die Bücher, die mir Leute geschenkt haben, die sich Sorgen um mich machen und nicht wissen, wie man mit einer umgeht, die einen schwarzen Vogel hat. »Sorge dich nicht – lebe!«, »Resilienz – Das Geheimnis der psychischen Widerstandskraft. Was uns stark macht gegen Stress, Depressionen und Burn-out«, »Was der Seele guttut«, »Der achtsame Weg durch die Depression«. Alles Mist. Kein einziges hat mir auch nur ansatzweise geholfen. Nur gute Ratschläge. Rat-Schläge. Brauch ich nicht mehr, mag ich nicht mehr, will ich nicht mehr.

In einem Anfall von Wut (*Wut*, Herr Doktor! Sind Sie zufrieden?! fahre ich mit meinen Armen zwischen die Bücher und fetze sie vom Regal. Alle diese Wir-meinen-es-doch-gut-mit-dir-Geschenke, diese Atme-deine-Wut-weg-Weisheiten, diese Lächle-die-Welt-an-dann-lächelt-sie-zurück-Schmachtfetzen, all die Erkenne-dich-selbst-Schwarten. Auf den Boden damit. Und weil ich schon mal dabei bin, schmeiße ich alles, was sich da angesammelt hat, dazu. Ein Haufen Bücher.

Die Verteufelung der Wut ist ja ein Teufelszeug. Jedenfalls für Menschen wie mich. Weil mit der Wut die ganze Lebendigkeit vergraben wird. Temperament, Kreativität, Ich-Bewusstsein, Fest-auf-der-Erde-Stehen. Alles wird vernichtet, wenn man beim leisesten Anklopfen von Wut in Panik gerät und sich sagt: »Das darf nicht sein! Das *darf nicht* sein.« Dann wirst du zu einem wohlerzogenen Ritter, unter dessen Rüstung alle Gefühle verdorrt sind.

Außer der Traurigkeit. Die gedeiht in unwirtlichen Verhältnissen bestens. Das einzige Gefühl, das in der Wüste lebt.

Dann schleichst du klein und gebückt durchs Leben, kaum wahrnehmbar, und bettelst um Krümel. Und Schläge. Du wirst mit Verachtung gestraft, mit Missachtung und Un-

Liebe. Du bettelst darum, dabei sein zu dürfen, als Schatten des Schattens der anderen, und dienen zu dürfen. Machst devot den Kotau vor jedem, der dir nicht ins Gesicht spuckt. Du hast keinen Stolz mehr und keine Selbstachtung. Du bist ein Wurm, der sich jauchzend bedankt, wenn er nicht zertreten wird. Du meinst, dass es Liebe ist, wenn dich einer nicht schlägt. Du meinst, dass du lieben musst, wenn dich einer fragt, wie es dir geht.

Morgen werde ich das Regal abstauben und die Bücher wieder einordnen. Jedes einzelne in die Hand nehmen und meinen Bauch fragen, was er davon hält. Wenn er sagt: »Das hat mir gut gefallen«, »da war ein tolles Zitat drin« oder »das hast du dir einmal nach einer Klubklausur zur Belohnung gekauft«, dann darf das Buch weiter bei mir wohnen. Die anderen weg, zur Not ins Altpapier, wenn ich keine andere Möglichkeit finde.

Im Regal ist jetzt wieder Luft. Die Wörterbücher haben ihr eigenes Brett bekommen, direkt vor meiner Nase, wenn ich am Schreibtisch sitze. Bleiben noch Schreibkram, Fotos und Dokumente. Am schwierigsten die Nostalgiekiste. Krimskrams vom Babyjäckchen über ein paar Liebesbriefe von längst Verflossen bis hin zu Mamas Sterbebildchen. Diese Kiste darf einfach bleiben, wie und wo sie ist.

Jetzt dieser Kasten. Dieses potthässliche Trum. Leergeräumt ist er, damit er endlich wegkann. Nachdem ich mich jahrelang über ihn geärgert und mit ihm abgefunden habe, weil er so verdammt praktisch war. Wie wird man so ein Teil los? Viel zu schwer, um als Ganzes abtransportiert zu werden, selbst wenn ich starke Männer bei der Hand hätte. Zerlegen also. Türen abmontieren, die Schubladen schon mal ins Auto. Der Korpus immer noch ein Schwergewicht. Ich versuche, die Seitenwände wegzureißen. Kein Nackler. Ich versuche, sie wegzuklopfen, mit dem Hammer. Keine

Chance. Du verdammter Kasten, ich will dich nicht mehr! Du verstellst mir seit Jahren den Weg, du beleidigst meinen Schönheitssinn! Die Wut wacht wieder auf. Du renitentes Miststück!

Ich werd's dir zeigen, du – du – ah! Mit der Wucht meiner Wut lasse ich den Hammer sausen. Und siehe da – ein Knacks. Noch einmal. Mit wütender Kraft. Die Wand löst sich. Mit jedem Schlag ein Stück mehr. Und dann fällt sie. Geschunden und zersplittert. Die zweite auch.

Die Teile hinuntertragen. Sind immer noch schwer genug, aber das mache ich jetzt noch. Der Recyclinghof hat noch offen. Alles meinem schwarzen Ross auf den Buckel gebunden und dann im Container versenkt.

Danach ein Glas Wasser und eine Zigarette. Mich an der Abwesenheit von Hässlichkeit erfreuen. Mensch, Wut tut manchmal schon gut.

Punkt 1 meiner To-do-Liste erledige ich bald danach. Ich treffe Kollege Geschäftsführer allein, bei Kaffee und Aschenbecher.

»Hallo Spatzl, wie geht's dir denn?«

»Besser, Scheißerle.«

»Hör ich gern. Kommst wieder zurück?«

Er scheint etwas zu ahnen, sonst hätte er mich gefragt, *wann* ich zurückkomme.

»Deswegen wollte ich mit dir unter vier Augen sprechen. Ehrlich gesagt – nein. Ich will das aber noch nicht offiziell sagen. Nur dir, damit du weißt, woran du bist. Damit du planen kannst. In alter Freundschaft quasi.«

»Das hab ich mir schon gedacht. In dem Affenzirkus bist mir ja nach zwei Tagen wieder krank.«

»Das glaub ich auch.«

»Weißt du schon, was du machen wirst?«

»Wird wohl auf I-Pension hinauslaufen. Wenn mein Arzt mitspielt. Wie ich ihn letztes Jahr einmal gefragt habe, hat er gesagt, das macht er nicht, weil ich mich dann in x Ehrenämter stürzen würde. Ich denke aber, dass er es mittlerweile anders sieht.«

»Meldest dich halt, wenn's was Neues gibt.«

»Mach ich. Und tschüss!«

»Halt die Ohren steif.«

»Du auch. Und leg die Füß nicht aufn Schreibtisch, wenn der Chef da ist.«

Punkt 3. Der große, umfangreiche Mann. Das wird der schwierigere Part werden.

ENDE

post scriptum: Die strenge Königin

»Du willst ein Buch schreiben? *Du*?«, hat die strenge Königin zu mir gesagt. Die, die mich immer kleingehalten hat.

»Du nichtsnutziger, kleiner Furz? Du glaubst, du könntest ein Buch schreiben? Ha! Das nenn ich Größenwahn. Bücher schreiben und Erfolg haben ist etwas für die anderen. Für die Großen, für die Guten. Nicht etwas für eine dahergelaufene Christine, für dieses Wrack, das nichts anderes kennt als jammern und heulen. Du bist nicht zur Königin geboren, du bist ein Aschenputtel.«

So hat sie mit mir gesprochen. Immer wieder, über Jahre. Eigentlich Jahrzehnte. Denn mein Traum von der Schriftstellerei ist fast so alt wie ich.

»Hör doch endlich auf, dich der Illusion hinzugeben, es könnte gut für dich werden. Du könntest dich wohlfühlen. Glücklich sein! Wie unverschämt, wie überzogen, wie größenwahnsinnig. Was, glaubst du, wie viele Menschen das erleben? Ha? Na eben. Und du würdest das für dich beanspruchen. Geh dich brausen. Kommt überhaupt nicht in die Tüte. Warum ausgerechnet du? Sag. Gibt es einen einzigen Grund, warum du dir das verdient haben solltest?«

Die strenge Königin, das war die innere Stimme, die alles beherrscht hat. Die, die sofort die Peitsche zur Hand hatte, wenn ich gemeint habe, ich hätte etwas gut gemacht. Diese Stimme, die jeder kennt, der einmal unter Depressionen gelitten hat. Wie Giacomo Puccini zum Beispiel. Dessen Opern Erfolg hatten. Der gefeiert wurde. Bis er mit seiner »Madame Butterfly« in Mailand ein Fiasko erlebte. Einem Freund soll er daraufhin geschrieben haben: »Endlich hat die Welt erkannt, dass ich nichts kann.«

So ist es mir auch ergangen. Jeder Erfolg, jedes Gelingen

nur ein Zufall, der sich nicht wiederholen wird. Weil ich nichts kann. *Nichts*. Und schreiben schon gar nicht.

Ab und zu einen kleinen Text vielleicht, wie damals beim Wörterbuch. Und später dann Presseaussendungen.

Und immer, wenn ich mit dem Geschriebenen zufrieden war, bist du hinter mir gestanden und hast gesagt: »Zufall. Glück gehabt. Aber mit Talent hat das nichts zu tun. Bild dir nur ja nicht ein, könntest etwas.«

Aber der Nichtsnutz hat irgendwann aufbegehrt und gesagt: Ich habe so viel geschrieben in meinem Leben – Presseaussendungen, Zeitungsartikel, Reden, Besprechungsprotokolle, Kondolenzgrüße, Geburtstags-SMS, Tagebucheinträge, Einkaufszettel, Beschwerden, Bestellungen, Wörterbuch-Einträge und ab und zu sogar eine Geschichte – jetzt will ich's wissen! Ob mein Traum nicht doch wahr werden könnte.

Schließlich hatte ich ja eine Oma, die immer gesagt hat: »Aus dir wird noch mal was.«

»Aber ich bin doch schon etwas«, habe ich gesagt, als ich älter war und einen Job hatte.

»In dir steckt mehr«, hat Oma daraufhin gesagt, »wie bei deiner Mama. Die war auch so eine Künstlerin.«

Also habe ich mich zu einer Schreibakademie angemeldet. Bei einem, der was vom Schreiben versteht. Und von Geschichten. Wie man sie stricken kann, damit sie spannend sind und gelesen werden wollen. Auf der Germanistik habe ich ja während meines ganzen Studiums das Wort »Geschichte« kein einziges Mal gehört. Dabei gibt es so viel dazu zu sagen. Etwa das: »Jede Geschichte ist schon tausendmal erzählt worden. Es gibt nur eine Berechtigung, sie noch einmal zu erzählen: deine eigene, unverwechselbare Perspektive.«

Wie hat mir das gutgetan! Allein das: als »Schriftstellerin« tituliert zu werden! Ein Wort wie Kaschmirwolle mit einem Hauch von Seide. Und meine Geschichte ist zur Klassenbesten gekürt worden.

»Ja«, hast du gesagt, du gestrenge, missgünstige, missratene Königin, »schon möglich. Aber überschätz dich nicht. Das waren lauter kurze Texte, die du da geschrieben hast; ein Buch ist ein anderes Kaliber. Das schaffst du nie.«

»Aber«, habe ich mir erlaubt zu sagen, »man könnte doch lauter kurze Geschichten schreiben – vielleicht sogar Kurzgeschichten? – und die dann zusammennähen, sodass sie *eine* lange Geschichte ergeben. Nicht?«

Daraufhin hast du in die unterste Schublade gegriffen. Das sei alles irrelevant, was ich da über meine Erfahrungen mit der Schreiberei vorbringe, weil ich ein psychisches Wrack bin. Das war wirklich gemein. Weil ich dir nicht widersprechen konnte. Leider. Ich konnte oft einfach nicht, wie ich wollte. Immer der schwarze Vogel Traurigkeit. Vor allem aber *du*! Du Biest, das mir ständig gesagt hast, wie nichtsnutzig ich bin. Wie unfähig.

Trotzdem habe ich es noch einmal getan. Ich habe mich getraut und mich zehn Jahre später wieder für eine Schreibakademie beim Renz Peter angemeldet. Was mein Projekt sei, hat er mich als Erstes gefragt.

»Tja ... Ich bin mir nicht sicher. Ich würde so gern ein Buch über meine Geschichte schreiben; wie die Politik mich krank gemacht hat.«

»Ui ui ui ... Solche Geschichten müssen gut erzählt sein, damit sie jemand lesen mag.«

»Ich hab mir schon ein paar Gedanken dazu gemacht. Die Notizen habe ich dabei.«

»Zeig her!«

Gefühlt hab ich mich in dem Moment, als ob ich zur Matura antreten müsste. Weil *du* mit deiner strengen Miene neben mir gesessen bist und ich deine Gedanken gelesen habe: »Mach dir keine Hoffnung. Wirst schon sehen, deine Ideen taugen nichts.«

War aber nicht so, Frau Königin. Renz hat meine Kapitel-Titel durchgelesen und gesagt: »Bin schon überzeugt. Fang einfach zu schreiben an. Bei irgendeiner Episode, ganz egal. Schreib diese eine Episode und morgen um die gleiche Zeit treffen wir uns wieder.«

Und horch, du garstige Herrscherin, am Ende der Woche hat er gesagt: »Mach zu Hause weiter. Ich freue mich schon auf mein neues literarisches Enkelkind.«

Zu Hause schreiben war dann schwieriger als in inspirierender Renz'scher Gesellschaft. Hier wohnt auch der Geist, der stets verneint. Und der schwarze Vogel, der auf mir herumhackt.

Ich habe Angst gehabt. Dass ich das Buch nicht schreiben kann, weil der Glaube an mich dünner wird, je weiter die Renz'sche Motivation in die Ferne rückt.

Ich habe Angst gehabt, dass mich die Zweifel so blockieren, dass nichts mehr geht. Dass ich in einem zornigen Impuls alles wegwerfe, was ich bisher geschrieben habe.

Ich habe Angst gehabt, dass ich mich zum Schreiben zwingen muss, dass die Leichtigkeit nicht wiederkommt. Ich will mich aber nicht mehr zwingen.

Und ich habe nach der einen Woche bei Renz keinen Satz mehr geschrieben. Jahrelang.

Bis zu dieser Sturzflut von Tränen nach dem Besuch einer Dichterlesung. »Ich will auch! Ich will auch da vorne sitzen und meine Texte vorlesen. Ich will auch, dass Menschen bei meinen Geschichten Tränen lachen und weinen!«

»Sie weinen zu früh«, hat mein Arzt gesagt. »Sie haben es ja noch nicht einmal versucht. Weinen können Sie dann, wenn Sie gescheitert sind.«

An diesem Abend habe ich ein Exposé geschrieben, am nächsten Tag die erste Episode und meinen Kater als Muse engagiert. Ich habe geschrieben, bis das Buch fertig war. Die Tränen hatten alle Hindernisse weggeschwemmt.

Und jetzt ist die verwegene Fantasie wahr geworden. Ich habe ein Buch geschrieben.

All die bekannten Killer-Gedanken haben ihre Wirkung verloren. All die Das-kannst-du-nicht-, Was-glaubst-du-eigentlich-wer-du-bist-, Bleib-schön-klein-etwas-anderes-istfür-dich-nicht-vorgesehen-Sätze sind zu dünnen Stimmchen geworden. Übertönt von einem mächtigen Bass aus der Seele. Ich kann das! Ich liebe es! Ich werde in der Regionalliga mitspielen. Ich bin da, wo ich hinwollte. Ich tue das, was ich mir seit Jahrzehnten gewünscht habe. Ich habe Ideen. Ich muss mich nicht zwingen. Ich sitze um sechs beim Kaffee, ein ganzer langer Sonntag liegt vor mir und er schreckt mich kein bisschen. »Meinen Segen hast du«, würde Gott sagen, wenn ich an ihn glaubte.

Genug Schmerz erfahren, um aus dem Vollen schöpfen zu können. »Schriftstellerin« fängt an zu passen. Wie ein wohliger Oma-Pullover, in den ich hineingewachsen bin.

Die strenge Königin haucht gerade ihr Leben aus. Sie hat

es nicht geschafft, mich umzubringen. Ich habe mich aus ihrem kalten Reich hinausgekämpft.

Das Pflänzchen, das so lang vernachlässigt worden ist, hat überlebt. Hat unbemerkt Triebe und frische Blättchen bekommen, hat sich an dem bisschen Wasser, das es ab und zu bekommen hat, und an den zufällig ergatterten Lichtstrahlen genährt. Das halb verhungerte Kätzchen ist aufgepäppelt, das Pony tollt mit Artgenossen auf einer Weide und schüttelt freudig seine Mähne. Dem zerschnittenen Baby sind Beine gewachsen.

Plötzlich passt alles zusammen. Wie bei den romanischen Torbögen, die dann halten, wenn der letzte Stein eingesetzt ist.

Es ist grandios.